# GEFÄHRLICHER NACHBAR

EINE BAD BOY VON NEBENAN ROMANZE

MICHELLE L.

# INHALT

*Melde Dich an, um kostenlose Bücher zu erhalten* v
*Klappentext* vii

1. Kapitel 1 — 1
2. Kapitel 2 — 7
3. Kapitel 3 — 14
4. Kapitel 4 — 20
5. Kapitel 5 — 26
6. Kapitel 6 — 32
7. Kapitel 7 — 38
8. Kapitel 8 — 47
9. Kapitel 9 — 53
10. Kapitel 10 — 59
11. Kapitel 11 — 66
12. Kapitel 12 — 74
13. Kapitel 13 — 79
14. Kapitel 14 — 83

*Melde Dich an, um kostenlose Bücher zu erhalten* 89

Veröffentlicht in Deutschland:

Von: Michelle L.

© Copyright 2020 – Michelle L.

ISBN: 978-1-64808-158-3

**ALLE RECHTE VORBEHALTEN.** Kein Teil dieser Publikation darf ohne der ausdrücklichen schriftlichen, datierten und unterzeichneten Genehmigung des Autors in irgendeiner Form, elektronisch oder mechanisch, einschließlich Fotokopien, Aufzeichnungen oder durch Informationsspeicherungen oder Wiederherstellungssysteme reproduziert oder übertragen werden. storage or retrieval system without express written, dated and signed permission from the author

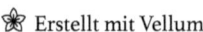 Erstellt mit Vellum

## MELDE DICH AN, UM KOSTENLOSE BÜCHER ZU ERHALTEN

Möchtest Du gern Inspiriert und andere Liebesromane kostenlos lesen?

Tragen Sie sich für den Michelle L. Newsletter ein und erhalten Sie ein KOSTENLOSES Buch exklusiv für Abonnenten indem Du diesen Link in deinem Browser eingibst:

https://BookHip.com/DGKWKF

**Inspiriert: Ein Navy SEAL Liebesroman**

**Inspiration kann so befriedigend sein ...**

Sobald diese Traumerscheinung aus dem Auto ausstieg, wusste ich, dass ich sie haben könnte, wie ich mir das vorgestellt hatte.

Volle Titten, ein runder Arsch und Hüften, an denen ein Mann sich festhalten konnte, machten sie perfekt für meine Vorhaben.

Sie hatte keine Ahnung, was gleich mit ihr passieren würde. Ich würde sie zu dem machen, was ich brauchte – meiner

Therapie. Dann könnte ich den Kopf freibekommen und wäre wieder produktiv.

Sie dachte, dass sie gekommen wäre, um einen amerikanischen Helden zu interviewen, aber in Wirklichkeit war sie für mich da. Ich musste sie ficken, bis ich wieder einen klaren Kopf hatte.

Ich verschwendete keine Zeit damit, ihre Fragen zu beantworten und fragte sie dann gleich ein paar von meinen eigenen, zum Beispiel, ob sie gerne eine bisschen mein Gesicht reiten würde...

https://BookHip.com/DGKWKF

**Du erhältst ebenso KOSTENLOSE Romanzen-Hörbücher, wenn Du Dich anmeldest**

# KLAPPENTEXT

Die schüchterne Einzelgängerin und Jungfrau Tina glaubt, dass Beobachten alles ist, was sie tun kann, als sie ihren heißen, geheimnisvollen Nachbarn Jimmy entdeckt. Aber Jimmy hat sie und ihre Blicke längst bemerkt und ihm gefällt, was er sieht. Als sich die Dinge zwischen den beiden entwickeln, ahnt Tina nichts davon, dass Jimmy noch andere Motive hat. Denn der gefährliche Jimmy führt ein Doppelleben und es mag sein, dass er Tina gernhat, aber er verführt sie auch, um sicherzugehen, dass sie nicht mehr mitbekommt, als sie sollte. Durch eine Verkettung unglücklicher Umstände jedoch wird Tina mit seiner dunklen, kriminellen Seite konfrontiert und Jimmy muss sich entscheiden. Kann er ihr sein Geheimnis anvertrauen oder muss sie sterben?

# KAPITEL 1

### Tina

Ich sitze in meinem neuen Wintergarten und lösche gerade die morgendliche Anzahl von Schwanzbildern aus meiner Instagram-Inbox, als ich die Hintertür des Brownstone-Nachbarhauses zuschlagen höre. Mein Herz hüpft. Es ist 7 Uhr morgens, die Sonne taucht die Dächer von Brooklyn in ein rosagoldenes Licht und meine Lieblingsmorgenshow beginnt gleich.

Jimmy ist der wahre Grund, warum ich morgens so früh aufstehen muss, denn er beginnt jeden Tag pünktlich wie ein Uhrwerk. Die einzigen Male, wenn er das nicht tut, ist er auch nicht in der Stadt. Und an diesen Tagen bekommt mich niemand vor 9 Uhr aus dem Bett. Aber an den meisten Tagen ist die Übermüdung die ganze Sache – ihm bei seiner Morgenroutine zuschauen zu können – wert. Er geht hinaus in seinen perfekten Garten, mit den üppigen Obstbäumen, dem Whirlpool und dem tadellos gestutzten Rasen, legt seinen Morgenmantel ab und beginnt mit nichts als ein paar knappen, schwarzen Boxershorts am Körper zu trainieren.

Ich habe keine Ahnung, was der Typ im Winter machen

wird. Ich wohne erst seit April hier, nachdem der Nachlass meiner Großmutter geregelt war und ich einziehen konnte. Ich hatte ihn ziemlich schnell entdeckt, als ich seinen superschön gepflegten Garten bewundert hatte. Er kam aus der Hintertür, ließ den Bademantel fallen und schon verbrachte ich eineinhalb Stunden damit, ihn ununterbrochen einfach nur anzustarren.

Jimmy ist der Typ Mann, den ich nur aus der Ferne bewundere, sehnsüchtig, zu schüchtern, um ihm nahezukommen. Groß, durchtrainiert, gutaussehend, stark, hat sein Leben und seinen potenten Körper komplett unter Kontrolle – er ähnelt der Statue des römischen Gottes Mars, außer dass er um einiges besser bestückt ist. Von der Beule vorne an seinen Shorts ausgehend, ist es das oder er trägt eine schlafende Python darin spazieren. Und der Rest von ihm ist genau so faszinierend.

Er hat diesen umwerfenden, südländischen Look, der gerade noch jungenhaft genug ist, einen Mann von seiner Größe nicht wie einen Brutalo aussehen zu lassen: Welliges, kaffeebraunes Haar, glatte, olivfarbene Haut und tiefe, schwarze Augen. Ich habe einmal, als wir uns einander vorgestellt haben, in diese Augen hineingeschaut und mir wurde ganz schwindelig und meine Beine zu Spaghetti.

Er ist auch sehr gut gekleidet – klassische Anzüge, maßgeschneiderte Lederjacken, und wenn er Jeans trägt, sind diese so gut geschnitten, dass sie seine muskulösen Beine, seinen wohlgeformten Hintern und die mächtige Wölbung vorne betonen. Ich habe ihn schon angezogen attraktiv gefunden, aber als ich ihn dann halbnackt beim Trainieren im Garten gesehen habe, war es ganz um mich geschehen.

Seitdem ist alles nur noch schlimmer geworden. Nachts träume ich von ihm. Tagsüber beobachte ich ihn beim Sport, bei der Gartenpflege und im Whirlpool. Ich versuche, mich zu überwinden, ihn noch einmal anzusprechen, einen Vorwand zu finden, mich regelmäßig mit ihm unterhalten zu müssen – aber mir fehlt einfach der Mut.

Was sollte ein Kerl wie er mit einer hoffnungslosen Jungfrau wie mir überhaupt zu tun haben wollen?

Alle meine bisherigen Erfahrungen bezüglich Liebe und Sex sind nicht gerade positiv gewesen. Seit ich mit achtzehn mal alleine ausgegangen bin, habe ich überhaupt nie wieder versucht, jemanden zu daten. Also habe ich keine Ahnung, was ich tun soll. Ich würde die Sache mit Jimmy sowieso vermasseln, wenn ich ihn ansprechen würde. Also beobachte ich stattdessen und träume von ihm und frage mich, ob ich einfach eine Perverse oder nur ein Feigling bin. Ich kann einfach nicht damit aufhören. Und wenn ich ihn mir jetzt gerade so ansehe, frage ich mich, wer könnte das schon?

Gerade macht er Liegestütze. Seine Rückenmuskeln schimmern bei jeder Bewegung im noch sanften Sonnenlicht. Ich sehe, wie sich seine festen Pobacken auf und ab bewegen – der schwarze Stoff scheint sie mehr zu betonen als zu bedecken – und ich stelle mir vor, wie es sich anfühlen würde unter seinem schweren, warmen Körper zu liegen. Und wie jeden verdammten Morgen wünsche ich mir, dass ich doch nur etwas mutiger wäre.

Mein Psychotherapeut würde mir jetzt raten, doch zu ihm zu gehen und mit ihm zu sprechen. Mein Therapeut – momentan ist es ein Inder mit feinen Gesichtszügen, der eher wie ein Kindergärtner aussieht als jemand, der meinen geistigen Zustand evaluieren sollte – würde mich fragen, warum ich bisher immer noch keine weiteren Verabredungen hatte und darauf hinweisen, dass ich wohl noch nicht wieder so weit regeneriert war, wie ich es gerne glauben würde. Wie auch immer, mein Therapeut ist ein Idiot. Man kann nicht alles auf das Trauma schieben.

Einiges ist ganz einfach dem Problem des männlichen Flirtverhaltens geschuldet, das einfach nicht mehr das ist, was es mal war. Was wiederum eine nette Formulierung dafür ist, dass neun von zehn Typen, die Interesse an mir zeigen, ein Gespräch mit Dingen wie: „Na, Bock zu ficken?" eröffnen und mit dem Senden von Schwanzbildern nach fünf Minuten gegenseitigen Kennenlernens weitermachen. Anscheinend ist das alles, was man heutzutage zu erwarten hat.

Ich möchte nichts von alledem. Ich möchte Romantik. Ich möchte Verführung. Ich möchte etwas Gutes nach all dem Schlechten in meinem Leben. Ich habe mich dafür aufgespart. Ich möchte... ihn.

Jimmy geht hinüber zu seiner Klimmzugstange. Seine leises, angestrengtes Stöhnen dringt durch das geöffnete Fenster an meine Ohren. Die kühle Morgenluft riecht nach Blumen und mischt sich mit dem Geschmack meines grünen Tees und dem schwachen Moschusduft meines erregten Körpers, während ich ihn beobachte. Jedes Mal, wenn er seinen Körper nur durch pure Muskelkraft seiner Arme über die Stange wuchtet, fühle ich einen Stich in meiner Brust. Er ist schon eine andere Hausnummer als diese zwanzigjährigen Fuckboys oder die alten Lustmolche. Er würde mich nicht so belästigen, wie die es jeden Tag tun. Ich war mir sicher, dass er das nicht tun würde.

Vor einem Monat hatte ich vor lauter Frust nicht nur meinen Datingseiten-Account gekündigt. Männer hatten mich auf Facebook, auf Gaming-Seiten und – natürlich – auf meiner Business-Homepage und der damit verbundenen Instagram-Seite angegraben. Jeden verdammten Morgen verbringe ich damit, vulgäre sexuelle Annäherungsversuche und ungewollte Fotos von hässlichen Schwänzen durchzusehen und zu löschen. So einen Mann möchte ich nicht. Und sie sind überall. Ich kann diese Frosch-küssen-Phase beim Dating einfach nicht ertragen.

Mittlerweile ist Jimmy dazu übergegangen Sit-ups auf seinem Slantboard zu machen. Seine mit Schweiß bedeckten und definierten Bauch- und Schultermuskeln schimmern verführerisch. Mein Mund ist plötzlich sehr trocken und ich muss mir über die Lippen lecken. Ob er wohl eine Freundin hat? Ich sehe ihn nie mehr als einmal mit derselben Frau. Aber, auch wenn ich eine super Spionin bin, bedeutet das noch lange nicht, dass ich alles über ihn weiß. Dennoch macht es mir Spaß, seinen Geheimnissen auf die Spur zu kommen, besonders dann, wenn es mich von diesem Mist auf meinem Bildschirm ablenkt.

Meine Instagram-Bilder haben null sexuelle Inhalte. Es dreht sich um Hausrenovierungsprojekte – Jobs, die ich mit meinem noch jungen Unternehmen *Carson Renovations* erledigt habe. Momentan wohne ich in unserem ersten größeren Projekt – dem Brownstone-Gebäude, das ich von meiner Großmutter, zusammen mit dem Gründungskapital für meine Firma, geerbt habe. Oma hat sich immer für mich eingesetzt. Damit war sie die Einzige in meiner ganzen verdammten Familie, die das jemals für mich getan hat.

Die einzigen Fotos, die es von mir online zu finden gibt, sind ungefähr so sexy wie ein Zahlendiagramm. Ich in einem weiten, farbenbeschmierten Arbeitsoverall, mein rotes Haar unter einem Arbeitshelm und die blauen Augen versteckt hinter einer dicken Sicherheitsbrille, wie ich dabei bin, meinem Team Anweisungen zu geben, alte Tapeten abzukratzen, Renovierungspläne zu lesen ... aber das spielt anscheinend keine Rolle. Trotzdem landet dieser ganze Scheiß in meiner Inbox.

Während ich mein E-Mails und Direct Messages nach seriösen Anfragen und Arbeitsaufträgen durchsuche, lösche ich weitere vier Schwanzbilder, zwei Sexangebote, einen Wutanfall eines Typen, der immer wieder neue Accounts anlegt, um mich zu belästigen und sechs Heiratsanträge von nigerianischen Heiratsschwindlern. Waaarrrrumm? Was habe ich getan?

Ich schaue weg von meinem Handy, zurück, runter in den Garten, wo der Mann, von dem ich gern etwas Beachtung geschenkt bekommen hätte, irgendwelche Martial-Arts-Übungen quer über den Rasen praktiziert. Ich sehe, wie er Kicks, Spagat und Schläge über einem merkwürdig aussehenden hölzernen Dummy, den er aus einem Baumstumpf gefertigt hat, trainiert. Wenn ich nicht so von ihm fasziniert wäre, würde ich mich glatt fürchten.

Er wäre in der Lage, mich wie einen Zweig zu brechen – aber irgendwie macht dieser Gedanke ihn noch heißer. Vor allem, wenn er seine Potenz unter Kontrolle halten kann... wenigstens eine Zeit lang.

Es ist schon lange her, dass ich einen Mann angeschaut habe und mir das, was ich sehe so sehr gefallen hat, dass ich mich frage, wie wohl der Sex mit ihm wäre. Im Moment ergötze ich mich an Jimmy und frage mich nicht nur, wie es mit ihm wäre... Ich sehne mich regelrecht danach, weiß aber nicht, wie ich mich ihm nähern soll.

Was zur Hölle soll ich nur tun?

## KAPITEL 2

### Tina

Es ist ein langer, frustrierender Tag gewesen. Mein Küche liegt immer noch in Trümmern. Ich werfe jeden Abend eine Menge Geld, das ich nicht habe, für Essen zum Mitnehmen aus und jeden Tag gibt es einen neuen Rückschlag. Heute wurde die Lieferung der Dunstabzugshaube verschoben, uns gingen dank zwei fehlender Packungen die Fußbodenfließen aus, nachdem wir bereits neunzig Prozent verlegt hatten, und auf meiner Geschäftsnummer landete ein obszöner Anruf. Wenigstens ist mittlerweile der Fußboden fertig und die Nummer blockiert. Ich könnte direkt einschlafen.

Ich zwinge mich dazu, etwas Melone und Hüttenkäse aus dem Bürokühlschrank zu essen, den ich in der Ecke meines Schlafzimmers aufgebaut habe. Ich dusche und wasche mir den Staub und den Schmutz ab und hülle mich dann in meinen weißen Seidenmorgenmantel – einen der wenigen Luxusartikel, die ich mir gönne. Dann blicke ich aus dem Fenster.

In Jimmys Haus brennt Licht und heute Abend hat er seinen Whirlpool noch nicht benutzt; sein wunderschöner Garten hinterm Haus ist dunkel. Als wir vom Fließen besorgen zurückgekommen sind, habe ich gesehen, dass er irgendeine Blondine mit dabei hatte und ich musste einen Anfall von Eifersucht herunterschlucken. Mit diesem unbekannten Miststück, der glücklichsten Frau der Welt, ist er jetzt da drin.

Ich schütte genügend Scotch über das Eis, um meine Bitterkeit verschwinden zu lassen. Ich schlucke es wie Medizin und gehe früh zu Bett.


Draussen vorm Fenster ist ein Schatten, der da nicht hingehört.

Die Nachbarschaft liegt nachts unter einer Decke aus Furcht begraben. Mama und Papa und all die anderen Mütter und Väter verstecken ihre Kinder, sobald die Sonne untergeht. Sie verschließen die Türen und Fenster und überprüfen abends mehrmals, ob sie auch wirklich noch verschlossen sind.

In den letzten zwei Monaten sind vier Kinder verschwunden. Ihre leblosen Körper sind im Wald wieder aufgetaucht. Ihnen sind Dinge angetan worden, Dinge, über die mir meine Eltern nichts erzählen wollen.

In jeder Pause flüstern die Nachbarskinder. Es ist ein Mann mit einer Wolfsmaske, sagen sie. Er nimmt die Kinder weg – Kinder, so jung wie wir, wie ich mit zehn, unberührt, aber schon pubertär. Der Mann mit der Wolfsmaske tut diesen Kinder Dinge an und ermordet sie danach.

Die Kinder aus der Nachbarschaft reden in der Pause darüber, wer es wohl sein könnte. Sie denken, es ist einer der hier lebenden Erwachsenen – aber wer?

Wir reden auch über die Waffen, die wir unter unseren Kissen verstecken, um uns und unsere jüngeren Geschwister zu schützen. Einer von uns stiehlt jede Nacht ein Messer vom Block aus der Küche. Ein anderer schläft mit einem Baseballschläger. Und wieder eine andere hat von ihrer Mutter einen Taschenalarm bekommen und sich zu Tode erschreckt, als dieser losgegangen ist, als sie nachts versehentlich darübergerollt ist.

Ich nicht. Ich kann sie alle schlagen.

In weiß nämlich, wo Papa seine Waffe versteckt.

Ich mag es nicht wirklich, mit einer Waffe in meiner Nachttischschublade zu schlafen, aber ich weiß, dass mich mein Vater nicht beschützen wird, wenn der Mann mit der Wolfsmaske kommt. Sobald mich meine kalten, distanzierten Eltern einmal vor etwas gewarnt haben, erwarten sie von mir, dass ich mich selbst davor schütze. Sie wiederholen sich nicht gerne. Besonders Papa. Also nehme ich jede Nacht, nachdem sie eingeschlafen sind, die Waffe aus seiner Schreibtischschublade und lege sie in meine Schublade. Und jeden Morgen, bevor sie aufwachen, lege ich sie wieder zurück.

Papa war einmal sehr betrunken und zeigte mir, wie man die Sicherung entriegelt, wie man sie hält und wie ich meinen Finger so lange vom Abzug fernhalte, bis ich bereit bin, zu schießen. Papa schläft mit Mama auf einem anderen Stockwerk unseres riesigen, alten Hauses und ich weiß, dass er nicht kommen wird, wenn ich nach Hilfe schreie, also habe ich die Waffe anstelle von ihm.

Und jetzt ist da draußen vor meinem Fenster ein Schatten, der da nicht sein sollte.

Lautlos ziehe ich die Schublade in der Dunkelheit auf und angele nach der Pistole. Sie fühlt sich schwer und kühl in meiner Hand an.

ICH SCHRECKE HOCH und muss nach Luft schnappen, die warme Nachtluft vermischt sich auf merkwürdige Weise mit dem kalten Schweiß auf meiner Haut. Mit angehaltenem Atem schaue ich mich in meinem luftigen Schlafzimmer um und betrachte die Fensterfront, die dünnen Vorhänge, die sich sanft in der leichten Brise bewegen, und entspanne mich wieder. Wenigstens überkommen mich diese Flashbacks momentan nur in meinen Träumen.

Ich versuche gerade, mich langsam wieder zu beruhigen, als ich etwas von draußen höre: ein langes, gurrendes Stöhnen. Nach einigen Momenten vernehme ich es wieder, bis es sich in ein rhythmisches Keuchen verwandelt. Stirnrunzelnd ziehe ich meinen Morgenmantel enger zusammen und gehe zum Fenster, um nach der Geräuschquelle zu suchen.

Jimmys Garten ist dank der Lichterketten, die er an Zäunen, Büschen und Bäumen angebracht hat, sanft erleuchtet. Auf der kleinen Terrasse, auf der Jimmys Jacuzzi steht, leuchten Papierlaternen und verbreiten ein weißgoldenes Strahlen. Ich kann schwer etwas erkennen – der Ausblick von meinem Schlafzimmer ist nicht so gut wie vom Wintergarten – aber ich bin mir sicher, dass jemand im Whirlpool ist.

„Hör nicht auf", sagt eine schmachtende, weibliche Stimme. Ich spüre, wie meine Haut zu kribbeln beginnt und Eifersucht in mir aufblitzt. „Hör nicht auf. Oh Gott, das ist gut. Ohhh Gott..."

Ich laufe schnell in den Wintergarten und schiebe die Vorhänge zur Seite. Die Fenster waren bereits geöffnet. Meine Angststörung habe ich mittlerweile soweit im Griff, dass ich bei geöffneten Fenstern schlafen kann, solange sie mindestens Hochparterre sind. Das Schlafzimmer unterm Dach und der angrenzende Wintergarten können von niemandem von außen erreicht werden, es sei denn, er wäre so etwas wie ein Fassadenkletterer. Daran muss ich mich selbst immer wieder erinnern, wenn mir meine Nerven mal wieder einen Streich spielen.

Ich starre mit weit aufgerissenen Augen und klopfendem

Herzen auf die Szene, die sich im Whirlpool abspielt. Oh Mann, hat dieses Miststück ein Glück.

Die betreffende Frau kann ich noch nicht mal genau erkennen. Jimmy ist am Rand des Whirlpools über sie gebeugt, sein großer Körper verdeckt sie. Immer mal wieder sehe ich, wie eine Hand ihn umklammert oder wie ein blasses Knie aus dem Wasser auftaucht – aber all das nehme ich nur nebenbei wahr, während ich Jimmy mit Blicken verschlinge.

Er ist nackt, die Badehose ist an seinen Schenkeln heruntergerutscht und die Muskeln seines nackten Hintern kontrahieren, als er seine Hüften im schäumenden Wasser bewegt. Von ihm ist bis auf ein wiederkehrendes Knurren nichts zu hören – ich nehme an, dass sein Mund damit beschäftigt ist, andere Dinge zu tun... Dinge mit ihr. Der Gedanke daran lässt meine Wangen brennen und Hitze zwischen meinen unberührten Schenkeln aufsteigen.

Er stößt und reibt sich an der schwer zu erkennenden Frau, eine seiner Hände bewegt sich zwischen ihnen, während er sich mit der anderen über ihr abstützt. Seine Muskeln wölben sich unter seiner schimmernden Haut und zeigen in jeder Linie seines wunderschönen Körpers die Anstrengung, sich selbst unter Kontrolle zu halten, als er ihre Lust befriedigt.

Ihre Laute klingen, als ob sie Schmerzen hätte. „Ahhh... ahhh, hör nicht auf. Ja... genau so... ja, oh... Ich ko...!"

Mittlerweile lausche ich eher fasziniert als eifersüchtig. Wie sich das wohl anfühlt?

Einen Moment später höre ich ein langes, gedämpftes Jammern, das er mit einem Kuss stillt. Und wieder frage ich mich, wie sich das wohl anfühlen mag.

Ich habe noch nie Sex gehabt. Ich habe auch noch nie einen Orgasmus erlebt. Ich bin immer ziemlich gehemmt gewesen, was meinen Körper anbelangt. Ich befriedige mich nicht selbst und die wenigen Jungs, mit denen ich kurz zusammen war, haben den Weg zu meiner Klitoris noch nicht mal mit einer Landkarte und einer Taschenlampe gefunden.

Ich habe mal gehört, wie jemand einen Orgasmus beschrieben hat. Ich habe Leute gehört, die gerade einen hatten. Aber ich selbst? Nein. Ich kann mir einfach nicht vorstellen, was sich so gut anfühlen sollte, dass eine Frau dermaßen aufschreien muss und damit nachts die ganze Nachbarschaft aus dem Schlaf holt.

Ich möchte es herausfinden. Mit Jimmy. Und niemand anderem.

„Jetzt bin ich an der Reihe, Baby", sagt er heißer und hebt seinen Kopf.

Ich sprinte zum anderen Ende des Wintergartens, spähe durch die Vorhänge und versuche einen besseren Blick auf sein Profil zu erhaschen, anstatt nur auf seinen umwerfenden, sich hebenden und senkenden Arsch – obwohl das nun auch nicht der schlechteste Anblick ist. Ich möchte sein Gesicht sehen, genau jetzt. Ich werde mit der Komplettansicht seines wie gemeißelten Körpers belohnt, in dem nun jeder Muskel angespannt zu sein scheint, während er immer schneller zustößt.

Ich starre weiter, vollkommen begeistert. Ich kann alles sehen. Alles. Leider sehe ich ein bisschen zu viel von der Blonden. Ich kann den Umriss ihrer Hüfte erkennen und dass sie einen Arm um seinen Rücken geschlungen hat... aber der Rest ist es echt wert.

Sein Gesicht ist vor Lust verzerrt, die Lippen geöffnet, die Augen geschlossen, als er mit immer schnelleren und intensiveren Stößen seinen Schwanz in ihr versenkt. Ich erkenne, wie sein mit einem Kondom bekleideter Schaft in ihr verschwindet, wieder und wieder. Dick, glänzend. Jedes Mal, wenn er sich in ihr versenkt, erschaudern sie, als ob sie kurz vor einer überwältigendem Sache sind.

Er ist dabei, die Kontrolle zu verlieren, sein Knurren wird

lauter als er sie hart fickt, dann wird es länger und zu einem heißeren Stöhnen und Schreien. Er presst sie an den Rand des Jacuzzis und ist schon fast halb herausgeklettert, als er ihre Hüften umklammert und weiter zustößt.

Ich beobachte ihn dabei, wie er sich dem Abgrund zu etwas mir Unbekanntem weiter nähert und stelle mir erneut vor, wie es wäre, unter ihm zu sein. Bei diesem Gedanken muss ich meine Knie zusammenpressen. Sein Rücken streckt sich durch, sein Kopf fällt in den Nacken zurück, die Schreie werden lauter und intensiver, bevor sie komplett heißer werden.

„Komm schon, Jimmy", murmele ich, als ich ihn auf der Zielgerade beobachte. „Komm schon. Lass los. Komm schon, Baby."

Er wird bis auf seine wild wälzenden Hüften vollkommen steif, seine Augen öffnen sich wieder und werden groß. Sein Rücken streckt sich noch weiter durch – und dann hallt ein langes Stöhnen durch den Garten.

Ich lächle. Es ist ein Lächeln voller Traurigkeit und Begehren und verzweifelter Neugier. Ich entferne mich vom Fenster und sehe gerade noch, als er über ihr zusammenbricht. Oh Jimmy, denke ich sehnsüchtig, in vollem Bewusstsein, dass ich jetzt ganz bestimmt nicht so schnell wieder einschlafen werde. Ich wünschte, du würdest das anstelle von ihr mit mir machen.

Ich muss mir einen Vorwand einfallen lassen, ihn anzusprechen. Etwas Interessantes. Etwas, das wir gemeinsam haben. Ich habe keine Ahnung vom Flirten, aber das wäre immerhin mal ein Anfang.

# KAPITEL 3

### Jimmy

Ich komme gut und heftig in Mrs. Torrington, deren Ehemann ich heute Nacht noch töten werde, und mein ganzer Stress ergießt sich zusammen mit meiner Ladung in ihr. Ich seufze erleichtert, entspanne mich einen Moment lang über ihr liegend und schwelge im Gefühl der körperlichen Befriedigung. Es sind die einzigen wachen Momente eines Tages, in denen ich mich wahrhaft jemals entspannen kann – diese wenigen, kostbaren Minuten nach dem Sex, wenn ich mich in den Armen einer Frau ausruhen kann.

Aber danach kommt die innere Leere zurück und ich werde daran erinnert, dass ich eigentlich alleine bin und keine von ihnen mir gehört. Oder es überhaupt wert wären, sie Mein werden zu lassen.

Mrs. Torrington – Marie, das ist ihr Vorname, besser keine Patzer hier – liegt nackt auf einem Handtuch auf meiner Terrasse, der Körper vollkommen entspannt – sie schnurrt beinahe. Sie ist eine sexy Blondine in ihren späten Dreißigern, vielleicht fünf Jahre älter als ich und von der Art und Weise ihrer Reaktion rückzuschließen, hat sie schon seit Jahren keinen ordentlichen Fick mehr gehabt. Anscheinend hat der zukünftig verblichene Mr. Torrington seine ehelichen Pflichten ziemlich vernachlässigt.

Sie ist so schlaftrunken, dass ich ihr beinahe gar keine Drogen hätte geben müssen, aber ich möchte kein Risiko eingehen. Sie muss für die eine Stunde, in der ich meinen Job erledige, vollkommen bewusstlos sein und das kann selbst mein Schwanz nicht garantieren. Die Injektionsspritze ist winzig, versteckt in meinem Lederarmband, das ich am Handgelenk trage. Die Nadel ist so dünn, dass sie noch nicht einmal zuckt, als ich sie ihr unter die Haut schiebe.

Heute Nacht ist Mrs. Torrington mein Spielzeug, mein Werkzeug, um in ihr Haus hineinzukommen... und dazu noch mein Alibi. Mit großer Wahrscheinlichkeit wird sie morgen als Witwe aufwachen, aber sie ahnt noch nichts davon.

Ich streiche ihr verheddertes, blondes Haar aus ihrem Gesicht und nehme sie in meine Arme, um sie ins Haus zu tragen. Ich werde sie im Gästezimmer unter die Bettdecke stecken und wenn ich von meinem Job zurück bin, werde ich sie noch mal ficken. Sie wird denken, dass ich die ganze Zeit neben ihr gelegen und darauf gewartet habe, dass sie wieder aufwacht.

Ich schaue hoch und sehe, wie sich die Vorhänge im Wintergarten im dritten Stock des Nachbarhauses leicht bewegen. Ich muss ein Grinsen unterdrücken. Hat dir die Show gefallen, scheues Mädchen?

Einige Frauen haben einen Spanner, ich habe eine Spannerin. Ich habe da etwas mehr Glück als besagte Frauen, die eine einstweilige Verfügung gegen diese hechelnden Widerlinge, die sich an dem Unbehagen der Frauen aufgeilen und in ihre Privatsphäre eindringen, erwirken müssen. Es viel weniger bedrohlich, eine süße, schüchterne, unberührt wirkende junge Frau zu haben, die einen sehnsüchtig beobachtet, wann immer sie glaubt, dass man es nicht bemerkt. Dieser bezaubernde Leckerbissen von einer Nachbarin würde mir nie schaden. Im Gegenteil... ihre Schwärmerei für mich ist offensichtlich bereits so stark, dass allein der Gedanke daran mir ein Lächeln aufs Gesicht zaubert. Tina ist so verdammt süß und die Art wie sie mich anschaut, ist ein helles Leuchten in meiner oft dunklen, hässlichen Welt.

Ich lasse sie ihn Ruhe, weil ich sie nicht in diese Welt, in meine Welt, mit hineinziehen möchte. Ihr könnte wehgetan werden. Aber verdammt noch mal, wie gern würde ich jeden kleinen Tagtraum, den sie jemals von mir hatte, wahrmachen und die damit verbundenen Wünsche erfüllen. Da wäre nur ein Problem, und während ich Mrs. Torrington hineintrage, denke ich noch einmal drüber nach: Meine kleine Spanner-Tina hat schon zu viel gesehen.

Ich lege Mrs. Torrington ins Bett und gehe rüber ins Wohnzimmer, wo sie ihre Tasche gelassen hat. Ihr dritter Cocktail auf dem Couchtisch ist mittlerweile zu einer Art Eiswasser mit Alkoholgeschmack geschmolzen. Sie dazu zu verführen, ihren Ehemann zu betrügen, hat kaum Mühe gekostet und ihr schlechtes Gewissen deswegen wird ihre Lippen für immer versiegeln.

Immer noch nur in Shorts gekleidet, schnappe ich mir ein paar schwarze Latexhandschuhe von einer Box in der Tischschublade und streife sie über, bevor ich ihre Tasche öffne. Ich habe einen Job zu erledigen. Das Problem dabei ist, dass Tina mich wahrscheinlich beim Gehen bemerken wird. Das arme Mädchen ist ja nahezu besessen von mir. Auch, wenn sie mich gerade nicht aktiv beobachten sollte, wird sie das Startgeräusch meines Wagens hören.

Dennoch, wenn ich erst mal fertig bin, wird mich absolut niemand mit der Tat in Verbindung bringen können. Vielmehr werden sie gar nicht erst bemerken, dass es sich um einen Mord handelt – es sei denn, der Gerichtsmediziner ist ein verdammtes Genie. Greg Torrington hat niemandem etwas getan. Er weiß nur zu viel über die Geschäfte meines Bosses und kann einfach nicht seine Klappe halten, also wird er demnächst im Schlaf das Zeitliche segnen.

Ich habe meine Hausaufgaben gemacht. Er ist 68 Jahre alt, ein Trinker und hat ein Herzleiden, gegen das er nichts tut. Eine winzige Dosis der richtigen Sedative wird genügen, um ihn in ein Koma inklusive Herzversagen zu schicken. Marie wird noch vibrierend vom besten Sex ihres Lebens nach Hause kommen, eine schuldbewusste Dusche nehmen und sich neben einen Typen, der nie wieder aufwachen wird, legen. Ihr Morgen wird nicht gerade erfreulich sein, selbst wenn er lange genug überleben wird, um lebenserhaltende Maßnahmen einzuleiten – es wird sie unterwartet treffen, aber am Ende wird es zu ihrem Vorteil sein. Schließlich hat sie ihn wegen seines Geldes geheiratet.

Aber Tina wird Mrs. Torrington hier gesehen haben und Torrington ist wohlhabend. Sein Tod wird es in die Nachrichten schaffen. Tina ist nicht dumm. Sobald sie die Frau meines Opfers erkannt hat, wird sie der Zeitpunkt unseres ‚Dates' stutzig machen.

Ich öffne die Handtasche und hole nach einigem Wühlen Maries Schlüssel und ihr Handy heraus. Sie hat die „Smart Home" Fernbedienung für die Lichter, Kameras und den Alarm ihres Hauses dabei und sobald ich das Bildschirmpasswort geknackt habe, habe ich das System unter Kontrolle. Mir fällt sofort auf, dass sie die Überwachungskameras am Haus bereits deaktiviert hat, so dass ihr Ehemann, der sich wahrscheinlich schon vor Stunden in den Schlaf gesoffen hat, keine Aufnahme von ihrem Davonschleichen zu sehen bekommt. Wie praktisch. Denn jetzt wird es auch keine von meinem Hineinschleichen geben.

Ich ziehe einen unifarbenen, dunkelblauen Trainingsanzug mit passendem Kapuzenpulli an und kombiniere das Ganze mit ein paar Sport-Kopfhörern und Joggingschuhen als Tarnung. Die ganze Zeit wandern meine Gedanken vom Job zur hart arbeitenden kleinen Tina, die ich liebend gern verführen würde.

Der bloße Gedanke an sie genügt, um meinen Schwanz erneut in Bereitschaft zu versetzen, obwohl ich gerade zwei Runden Sex hinter mir habe. Ich weiß nicht wirklich viel über sie. Nachdem die alte Damen nebenan verstorben ist, stand das Haus für eine Weile leer – und dann, vor einigen Monaten, ist Tina eingezogen. Seitdem ist sie am Renovieren. Sie hat ein Team bestehend aus drei Typen und schreckt selbst nicht davor zurück, überall mit anzupacken und sich schmutzig zu machen. Sie managt das Ganze. Aber neben den Renovierungsarbeiten und Besorgungen scheint es nicht viel anderes in ihrem Leben zu geben.

Manchmal, mitten in der Nacht, höre ich sie plötzlich laut aufschreien und dann weinen. Ich glaube, dass sie Albträume hat. Die arme Kleine.

Was, verdammt noch mal, ist ihr zugestoßen? Ich frage mich dies, als ich endlich damit fertig bin, Maries Tasche zu durchsuchen. Ich lasse sie exakt dort, wo sie vorher war, achte darauf, alles genau so wieder zu verstauen, wie ich es vorgefunden habe – bis auf Schlüssel und Handy. Diese werde ich – kurz bevor ich sie mit noch mehr Sex wieder aufwecken werde – zurücklegen. Ich kann jetzt schon vorhersagen, dass ich mit meinen Gedanken bei meiner kleinen Spannerin sein werde, während ich mit Marie zugange bin. Ich denke, ich wäre nur halb so heftig gekommen, wenn ich mir nicht dessen bewusst gewesen wäre, dass Tina uns gerade beobachtet.

Als ich mich auf dem Weg die Treppe hinunter befinde, um mit Maries Wagen zu ihrem Anwesen in der East 62nd zu fahren, steigt erneut eine Sorge in mir hoch. Wann wird die kleine, unberührte, mich ausspionierende Tina eine Belastung werden? Und was zur Hölle soll ich dann dagegen unternehmen?

Dann dämmert es mir und ich kann nicht anders, als zu grinsen, als ich abbiege. Ich möchte, dass sie abgelenkt ist, sich an mich gebunden fühlt und gewillt ist, nahezu alles zu tun, um mir keinen Ärger zu machen... Die Antwort ist ganz simpel und wird auch noch Spaß machen. Warum sollte ich dem Mädchen nicht geben, was es begehrt?

## KAPITEL 4

### Tina

Donnerstagmorgen ist Therapiemorgen. Mittlerweile bin ich auf nur einmal die Woche runter. Ist auch besser so, da die Sitzungen anscheinend nichts anderes bewirken, als mich an die Vergangenheit zu erinnern. Und ich möchte sie wirklich gerne hinter mir lassen. Immer und immer wieder über Dinge aus der Kindheit nachdenken zu müssen, ist dabei mehr hinderlich als hilfreich.

Dr. Singh sitzt in seinem Stuhl mit dem linken Fußknöchel auf dem rechten Knie und seine großen braunen Augen schauen mich verwirrt an. „Sie sagen mir, dass sie jemanden kennengelernt haben, aber dass sie noch nicht wirklich... ein Date oder Vergleichbares hatten? Ist das wirklich Kennenlernen oder ist es nur Schwärmerei?"

Ach Mann, Scheiße, Doc. „Es ist nicht nur Schwärmerei. Ich habe mich schon mal mit ihm unterhalten, ich bin nur... nur noch nicht weiter gekommen." Und werde das wahrscheinlich auch nicht, aber das geht Sie gar nichts an. Er sagt doch immer, dass ich versuchen muss, mich wieder mit jemandem zu verabreden. Aber er muss ja auch nicht jeden Morgen Schwanzbilder von seinem Telefon löschen oder mit meinen Erinnerungen leben.

Er runzelt die Stirn und stellt beide Füße wieder auf den Boden und lehnt sich nach vorne. Er hat schlanke, kleine Hände, deren Fingerspitzen er zu einer Raute aneinanderlegt, während er mich betrachtet. „Es hört sich wie ein Fortschritt an, aber ist nur scheinbar einer und nur in einem Bereich. Ich würde gerne noch wissen, wie es mit ihren Träumen diese Woche aussieht?"

Ich seufze und setze mich etwas zurück, schaue weg von ihm, aus dem Fenster. Vor seiner Praxis wird gerade der Straßenbeton aufgerissen und der Lärm, den es macht, als der Asphalt durchbohrt wird, schmerzt in meinen Schläfen. „Ich würde lieber über Jimmy sprechen."

Nein, das stimmt nicht. Am liebsten wäre ich überhaupt nicht hier. Aber davon scheint er nichts zu ahnen. Dr. Singh ist ein sanftmütiger Mensch, der es nur gut meint – im Gegensatz zu anderen Therapeuten, die ich über die Jahre schon kennengelernt hatte. Er wäre ernsthaft gekränkt, wenn ich ihm sagen würde, für wie nutzlos ich unsere Sitzungen erachte.

Er ist kein schlechter Psychologe, aber es ist jetzt über zehn Jahre her. Seit fast drei Jahren bin ich volljährig. Falls Reden über den Scheiß etwas bringen würde, hätte ich das bis jetzt schon mal merken müssen, oder?

„Gut, ich denke, das macht Sinn. Eine Schwärmerei ist ein netteres Thema als posttraumatischer Stress." Er lächelt nachsichtig. Aber ich weiß genau, dass noch etwas kommen wird und bin nicht im Geringsten überrascht, als er weiterspricht: „Dennoch muss ich danach fragen."

Ich verdrehe die Augen. „Ja, ich habe immer noch Albträume. Ja, ich überprüfe immer noch mehrmals in der Nacht die Fenster im Erdgeschoss."

Er macht sich Notizen. „Jetzt nur noch die Fenster im Erdgeschoss?"

Ich blinzele ihn verblüfft an, dann fällt mir ein, dass ich ihm noch gar nichts davon erzählt hatte, dass ich mich nun doch dagegen entschieden habe, mich den kompletten Sommer über in einem stickigen Haus zu verbarrikadieren. „Ja, ich kann die oberen Fenster nachts offen lassen. Das tue ich nun schon seit einigen Wochen. Tut mir leid, ich dachte, das hätte ich schon erwähnt."

Er tippt sich mit einem Finger an seine Lippen und schaut mich dann mit einem Hauch von Bedauern an. „Ich muss Sie nach den Träumen fragen. Über die Geschichte, die sie erzählen. Ihre ... Erinnerung an diese Nacht. Sie erwähnten, dass Sie sich mittlerweile an das Ende erinnern?"

Ich verkrampfe innerlich, aber atme tief ein und versuche, es aufzuarbeiten. Richtig, ich kann mich an das Ende erinnern. Es beinhaltet unter anderem mich mit zehn Jahren, wie ich eine Kugel durch den Kopf des Wolfskiller jage. „Ich habe den Kerl mit der Wolfsmaske erschossen, als er in mein Zimmer eingebrochen ist. Ich habe ihm gesagt, dass er mich in Ruhe lassen solle und als er das nicht getan hat, habe ich auf ihn geschossen."

„Können Sie sich daran erinnern, wer es war?", fragte er sehr sanft. Die Frage erwischte mich kalt.

„Ja", seufzte ich endlich, „ich erinnere mich." Natürlich tat ich das. Nicht von Beginn an, es dauerte Jahre. Ich hatte nie verstanden, warum ich acht Jahre ‚weg von zu Hause' verbracht hatte, warum die Gerichte die Sache erst verhandeln wollten, sobald ich erwachsen war, warum mich so viele dafür hassten, dass ich mich selbst verteidigt hatte. Warum meine Mutter, die mich hätte beschützen müssen, mich bis heute hasse. Jetzt wusste ich es. Und ich glaube mittlerweile, dass jeder, der mich für das, was ich getan habe, hasste, nicht ganz bei Trost war.

Ich habe ein Monster getötet. Nur, dass es sich bei dem Monster um meinen Vater handelte. Es war sein Gesicht unter der Wolfsmaske, das mich mit überraschtem, regungslosem Blick anstarrte, als die Polizisten ihm die Maske vom Gesicht zogen.

Zu Beginn bestand noch jeder darauf, dass mein Vater sich einen „Scherz" erlaubt hätte, der schrecklich schiefgelaufen war. Dann kamen die Ergebnisse der Analyse des Genmaterials zurück und dann wusste plötzlich jeder, dass es mein Vater gewesen war, der vier Kinder missbraucht und getötet hatte. Und dass er vorgehabt hatte, dasselbe mit mir zu tun.

Die Notwehr war nun um einiges leichter zu beweisen und ich wurde von allen Vorwürfen freigesprochen – dennoch behielten mich die Gerichte noch eine Weile in dieser verdammten Irrenanstalt fest. Meine Mutter, die ein bisschen zu begierig war, mich loszuwerden, tat einfach nichts, um mich da rauszuholen. Meine Großmutter schrieb mir, bis sie zu krank wurde, aber starb, bevor ich mit achtzehn entlassen wurde. Obwohl es fast drei Jahre voller juristischer Auseinandersetzungen mit meiner Mutter bedurfte, sorgte meine Großmutter dafür, dass ich etwas erbte, worauf ich eine Zukunft aufbauen könnte.

„Können Sie mir erklären, wie mir das Ganze helfen soll?", fragte ich plötzlich, obwohl mir klar war, dass es wahrscheinlich sinnlos ist. Aber ich wurde langsam frustriert.

Dr. Singh runzelte die Stirn. „Entschuldigung, was genau meinen Sie?"


„Ich meine, wie soll mir das ständige Reden über die immer selben, schlimmen Erinnerungen helfen? Niemand hat mir das je erklären können." Ich starre aus dem Fenster und beobachte, wie die Sonne langsam über die Gebäude steigt und schließe die

Augen. Plötzlich möchte ich nur noch nach Hause. Auf vertrautem Boden sein... und in Jimmys Nähe.

„Ich weiß, dass das unangenehm ist. Aber die Verarbeitung dieser Gefühle..." Seine Stimme ist voller Sorge. Er weiß, wie ich drauf bin, wenn ich entsprechend provoziert werde.

Ich winkte verärgert ab. „Ich scheiß auf das Verarbeiten von Gefühlen. Sehen Sie, es gibt keine positive Art des Gefühls, das ich bezüglich der Tatsache habe, dass mein Vater ein Monster war und ich ihn in Notwehr erschossen habe. Wenn ich ihn nicht erschossen hätte, wäre ich Opfer Nummer fünf gewesen. Der einzige Mensch, der mich je geliebt hat, war meine Großmutter und ihr habe ich alles zu verdanken. Den anderen schulde ich gar nichts."

„Ich verstehe, dass sie ihre Gefühle auf gesündere Art und Weise geordnet haben. Aber Sie können mir nicht erzählen, dass es Sie nicht traurig macht, dass Sie nie eine echte Beziehung zu ihren Eltern hatten." Er macht Notizen. Ich hasse es, wenn er das tut. Es erinnert mich daran, dass ich aufgrund eines Gerichtsbeschlusses hier bin und meine Freiheit jederzeit auf dem Spiel stehen könnte.

„Manchmal. Aber solche Gefühle sind überflüssig. Ich kann noch so sehr der Familie, die ich niemals hatte, hinterhertrauern, aber das hilft mir jetzt auch nicht. Ich würde das alles einfach gerne hinter mir lassen." Ich schaffe es, meine Stimme ruhig klingen zu lassen, aber er reißt seine Augen trotzdem auf.

„Möchten Sie behaupten, dass sie irgendwie genesen sind, weil sie gelernt haben, sich emotional von ihren Eltern zu trennen?" Er rückt die Brille auf seiner Nase zurecht.

„Ich sage, dass, wenn ich schon zur Therapie gehen muss, ich meine Zeit lieber in etwas, das mir hilft, investieren würde, anstatt die schlimmste Nacht meines Lebens immer und immer wieder aufwärmen zu müssen." Ich schenke ihm einen flehenden Blick und hoffe, dass dieser das Gesagte etwas entschärfen wird.

Er seufzt und nickt schließlich. „Okay, wir werden es versuchen. Also, dieser Jimmy... Wie gut kennen Sie ihn schon?"

Ich lächle. „Bisher noch nicht so gut. Aber ich möchte ihn sehr gerne besser kennenlernen."


ZUM ERSTEN MAL fühle ich mich nicht supermies, als ich meine Therapiesitzung verlasse. Wenn es zuvor so war, war es nicht Dr. Singhs Schuld gewesen, es lag einfach am Thema. Aber heute: keine Übelkeit, kein Drang zu weinen oder sich zu verstecken. Ich fühle mich etwas erschöpft, aber das ist schon alles.

Ich fahre gerade vor meinem Haus vor, als ich eine vertraute, große Gestalt bemerke, die oben an der Treppe vor meinem Eingang lehnt. Ich parke, steige aus, verriegle den Wagen, um dann zaghaft die Treppen hinauf zu steigen.

Jimmy lächelt und richtet sich auf, um mich zu begrüßen. Seine dunklen Augen ziehen mich erneut in ihren Bann. „Hey Tina", sagt er in freundlichem Ton, der mich mit einer angenehmen Wärme erfüllt, „ich habe gesehen, dass deine Küche immer noch nicht fertig ist. Ich habe viel zu viel Grillzeug für mich alleine eingekauft. Du kannst gerne rüber kommen und mitessen, wenn du möchtest."

Ich starre. Er grinst wegen meines überraschten Gesichts und wartet ab. Schließlich blinzle ich und schenke ihm ein vorsichtiges Lächeln.

„Klar", sage ich und höre mein Herz bis in meine Ohren hämmern, „hört sich toll an."

# KAPITEL 5

### Jimmy

Das mit dem Grillen war eine verdammt gute Idee. Ich weiß, dass Tina meinen Garten und meinen Hinterhof liebt. Es war das erste Thema, über das sie sich mit mir unterhalten hat. Sie fragte mich in ihrer unbeholfenen Art, ob ich schon mal mit einer Renovierungsfirma gearbeitet hätte und bot mir eine Zusammenarbeit an. Ich musste mich um eine Antwort etwas herumdrücken, da mein tatsächlicher Job nicht gerade viel Zeit für den Alibi-Job lässt. Dennoch erledige ich, wenn es darauf ankommt, beide sehr gut.

Jetzt aber bin ich bereit, noch einmal mit ihr darüber zu sprechen. Oder über sonst irgendetwas, das mir die Gelegenheit gibt, ihr näherzukommen. Was das Gesprächsthema angeht, bin ich nicht wählerisch.

Bevor sie herübergekommen ist, hat sie sich umgezogen und ihr dünnes, violettes Kleid schmiegt sich durch den leichten Wind an ihren Körper an. Immer mal wieder schwebt der dezente Duft ihres Parfums in meine Richtung. Es ist ein leichter Duft, einer, der zu ihrer Schüchternheit passt. Ich gestatte mir, sie so oft ich will zu betrachten, weil ich bereits weiß, dass sie es mag. Sie bemerkt, wie meine Augen sie und ihren Körper immer wieder abtasten und senkt sittsam ihren Blick – schaut mich aber verstohlen durch ihre Wimpern hindurch an. Einfach bezaubernd.

Sie ist etwas Besonderes. So viel kann ich schon mal sagen. Ein scheuer, erhitzter Blick von ihr hat größere Wirkung auf mich als die Hand einer anderen auf meinem Schwanz. Die Aussicht und die Vorfreude, sie tatsächlich mal zu ficken, bereiten mir süße Schmerzen.

Es fühlt sich fast ein bisschen gefährlich an. Als könnte ich die Kontrolle über meine Gefühle verlieren. Aber ich schüttele diesen Gedanken schnell wieder, amüsiert über mich selbst, ab. Ich werde mich doch nicht aus Angst vor emotionalen Risiken davon abhalten lassen, diese kleine Süße um den Finger zu wickeln.

Ich habe bei meinem Outfit ein bisschen in der Trickkiste gegraben. Ich trage eine schwarze Jeans und ein passendes Tank Top, mein Haar offen. Ich bin diesen Dutt-Look langsam leid. Es war okay, als ihn nur Martial Arts Leute getragen hatten, aber jetzt, wo ihn jeder Banker, der Lust auf lange Haar hatte, trägt... Außerdem finde ich toll, wie Tina mein Haar, dass sich locker über meine Schultern ergießt, anschmachtet.

Ich wende pfeifend die Steaks und bestreiche sie mit noch mehr Soße. Sie sitzt an dem kleinen Picknicktisch, den ich neben meinem Grill aufgestellt habe, als wir uns durch das typische Kennenlerngequatsche arbeiten. Tina ist wie eine neue Blume, die gerade frisch erblüht ist. Sie zieht viel mehr Aufmerksamkeit auf sich, als sie sich wohl jemals vorstellen würde.

„Wie läuft's mit der Renovierung?", frage ich freundlich. Sie zappelt ein bisschen und ihre Wangen röten sich. Ich unterdrücke ein Lächeln bei dem Anblick.

„Also, irgendwie schwankt es meistens zwischen total fix arbeiten müssen und dann wieder abwarten. Ich hoffe, dass dich der Lärm nicht gestört hat." Sie linst mich unter ihren langen Wimpern hindurch an und dieses Mal muss ich sie einfach anlächeln.

„Nee", winke ich ab, „ich bin immer schon auf und busy, wenn du und deine Jungs loslegen. Hast du dir schon überlegt, was du mit deinem Hinterhof und Garten machen möchtest?"

Sie zuckt mit den Achseln und wirkt ein bisschen frustriert. „Zubetonieren?"

Ich lachte. Ihr Hinterhof ist die Art von Katastrophe, die entsteht, wenn jemand einen ehemals schönen Garten über Jahre vernachlässigt, weil er sich nicht mehr darum kümmern kann. Beerensträuche, überwucherte Rosenbüsche, Ranken, Unkraut... „Ich verstehe", gluckse ich, „aber gib noch nicht ganz auf. Du... ähm... bist du immer noch daran interessiert, mit mir zusammenzuarbeiten?"

Ich habe wenig wertvolle Freizeit, aber ich muss momentan zweierlei Dinge intensivieren: Tinas Verknalltsein und ihren Glauben, dass ich nur ein Landschaftsgärtner bin. Jeden Tag in ihrem Garten arbeiten zu können, wird mir die Gelegenheit geben, beides intensiv zu pflegen.

Ihre Augen leuchten auf und sie schluckt den Köder. „Das... das wäre toll. Hast du schon eine Idee, was du mit dem Chaos da hinten machen könntest?"

Ihr Brustkorb hebt und senkt sich schnell vor lauter Aufregung und ich muss mich zwingen, nicht auf ihr Dekolletee zu starren, bevor ich antworte. „Ja, einige. Sieht allerdings so aus, als ob sich da schon jahrelang niemand mehr darum gekümmert hat." Ich lasse meine Stimme etwas wärmer klingen. „Könnte sein, dass es viel Liebe und Zuwendung braucht."

Ihr Gesichtsausdruck sagt mir „Ja, bitte!" und ich muss mich etwas wegdrehen, damit sie den Zustand, in den mich ihr

Lächeln versetzt, nicht sehen kann. Meine Erektion reibt sich an dem festen Jeansstoff und ist begierig darauf, befreit und benutzt zu werden. Von ihr, sollte ich anfügen. Aber sie ist immer noch bei unserem Gartenthema. „Oh oh... also, dann, äh, bist du ein Experte auf dem Gebiet. Viel mehr als ich es bin."

Meine Augen werden zu Schlitzen vor purem Vergnügen. „Ja, das könnte man so sagen. Ich würde gerne mal zu dir rüberkommen und mir alles einmal genau anschauen."

Sie lächelt scheu, mit einem leichten Anflug von Hitze in ihren Augen. „Okay. Nach dem Essen vielleicht?"

Ich nicke und lasse sie vom Haken, indem ich wieder zu etwas unverfänglicherem Smalltalk übergehe. Sie wirkt jetzt schon so nervös, als würde sie gleich aus dem Stuhl kippen. Armes Ding. Wo hat sie nur bis jetzt ihre Zeit verbracht, in einem Kloster?"

Der Gedanke, dass sie tatsächlich noch Jungfrau sein könnte, macht sie nur noch begehrenswerter für mich. Wie gern würde ich sie für jeden weiteren Mann nach mir, der keine Ahnung davon hat, was er im Bett zu tun hat, verderben. Ich möchte, dass sie danach immer noch mehr will. Das ist meine Vorstellung von einer guten Nacht. Natürlich nur, wenn ich schaffe, dass sie ihre Schüchternheit überwindet – aber das ist mir bisher bei noch jeder Frau gelungen.

„Woran denkst du?", frage ich sie sanft, während sie auf ihrem Stückchen Fleisch herumkaut.

Sie erstarrt für eine Sekunde, blickt mich an und schluckt. „Ich bin überrascht, dass du mich zum Grillen eingeladen hast."

„He? Warum das denn?" Ich sehe den zaghaften Gesichtsausdruck und weiß, dass sie sich überwinden muss, Fragen zu stellen. Unangenehme Fragen. Nicht für mich natürlich, für sie.

„Du wirktest davor nicht... interessiert an Gesprächen." Ihre Finger fummeln nervös am Besteck herum und sie beißt sich auf eine Art und Weise auf ihre volle, rosa Unterlippe, die meinen Mund ganz trocken werden lässt.

„Es ist nicht so, dass ich keine Lust darauf gehabt hätte. Ich bin die meiste Zeit nur ziemlich beschäftigt." Bin ich wirklich. Der Boss schickt mich zu allen möglichen Aufträgen, wie dem von gestern Abend zum Beispiel. Dieser Kerl muss sterben, dieser braucht mal einen Denkzettel, dieses Haus muss abgefackelt werden, dieses muss beschützt werden usw. Ich bin ein Mann seit ich siebzehn bin und dieser Kram ist meine tatsächliche Arbeit. Es ist etwas, das Tina niemals verstehen würde. „Aber ich bin interessiert."

Ich fange ihren Blick ein und schaue sie an. Sie lächelt mich sehr zaghaft an. Aber dann streift ein kurzer Ausdruck des Zweifels ihre Augen. „Wie sehr interessiert?", fragt sie leise.

Ich hebe eine Augenbraue und lächle sie frech und flirtend an. „Genug, um die Nacht durchzumachen, falls du morgen früh nichts vorhast."

Die Angelegenheit von letzter Nacht hat es schon in die Nachrichten geschafft. Aber ich habe schnell gemerkt, als ich Tina vorhin auf der Treppe begegnet bin, dass sie entweder nicht allzu oft die Nachrichten checkt oder Marie, während ich sie gefickt habe, nicht erkannt hat. Egal wie, ich hatte verdammtes Glück gehabt. Dieses Mal.

Sie zögert und ich sehe genau, dass sie ein Riesenlächeln unterdrücken muss. „Oh, ich äh... dachte, du hast eine Freundin." Da haben wir es.

Ich pruste, schneide mir ein dickes Stück Steak ab und esse es, bevor ich antworte. „Ich habe viele Freundinnen. Aber nichts Ernstes. Sonst würde ich nicht fragen. Ist nicht meine Art."

Ich möchte sie nicht verschrecken, also versuche ich, mich in sie einzufühlen. Wenn ich sie erst einmal beruhigt und entspannt und überzeugt habe, können die Spiele beginnen. Ich werde sie schon dahin bekommen. Ich muss nur in Erfahrung bringen, welche Knöpfe ich bei ihr drücken muss.

Ich lehne mich etwas nach vorne, sodass sie mich wieder anschauen muss. „Und was ist mit dir? Hast du jemanden Festes?"

Sie lacht laut auf und es klingt eher bitter als nervös. Ich hebe überrascht die Augenbrauen. „Noch nie", antwortet sie simpel und bestätigt damit meine Vermutung.

Ich halte ihren Blick noch etwas länger. „Gut..."

## KAPITEL 6

### Tina

Verdammt, habe ich das gerade laut gesagt? Ich starre Jimmy an und mein Herz rast. Ich bin geschmeichelt und geschockt und kann es noch gar nicht recht glauben. Ich hätte mir niemals vorstellen können, dass dies jemals passieren würde, jedenfalls nicht außerhalb meiner sehnsuchtsvollen Tagträume. Die momentane Realität ist so ein erfreulicher Schock, dass es gut ist, dass ich sitze.

Er betrachtet mich mit seinen klugen Augen genau. „Bist du okay?", fragt er mich erneut in diesem warmen, zärtlichen Ton.

„Ja, klar", bringe ich nach einigen Sekunden heraus. „Alles gut. Ich bin nur nicht daran gewöhnt, dass sich Typen wie du für mich interessieren."

„Was meinst du mit ‚Typen wie ich'?", fragt er in amüsiertem Ton, trotzdem verkrampfe ich innerlich. Ich war schon die ganze Zeit ein wenig nervös. Aber jetzt fühle ich mich wie kurz vor einem Solo in der Carnegie Hall und ich beherrsche noch nicht mal ein Instrument.

„Ich meine Typen, die mich auch interessieren", presse ich

hervor und lächle schief mit knallroten Wangen. Ich fühle mich wie fünfzehn und nicht wie einundzwanzig, voller Schwärmerei, wie ein Teenager, der die ganzen Emotionen überhaupt nicht managen kann und voller Euphorie und Unbehagen ist, alles zur selben Zeit. Es ist äußerst verwirrend jemanden so sehr zu wollen und zurückbegehrt zu werden.

Er lächelt ein wenig, sein Blick voller Hitze. „Oh. Also, das erklärt einiges. Du hast wohl Pech gehabt."

„Erklärt was?", frage ich so benommen, dass ich kaum erfasse, was er zu mir sagt.

Er bemerkt, wie nervös ich bin und schweigt, um mir eine Limonade einzuschenken und zu reichen. Ich nehme dankbar einige Schlucke, die mir etwas Zeit zum Zusammenreißen erkaufen. Als ich schließlich das Glas wieder abstelle, setzt er an. „Ich habe zu verstehen versucht, warum ein tolles Mädchen wie du noch Single ist", sagt er.

Seine Worte rauschen durch mich hindurch und stimulieren Nerven, die noch benutzt worden sind, lassen mich Dinge ersehnen, mit denen ich nicht vertraut bin. Ich wollte mich an seinen schlanken, harten Körper werfen und festgehalten werden, bis ich wieder atmen konnte.

Er bleibt, wo er ist und ich muss ein bisschen kämpfen, um mich wieder zu fangen. Ich atme zitternd ein. „Da gibt es eine Menge, was du nicht von mir weißt", sage ich langsam und denke darüber nach, wie viel ich wohl erzählen sollte, aber komme zu dem Schluss, dass ihn die Erwähnung der psychiatrischen Klinik abschrecken könnte. Die Story habe ich schon mehr als einmal in voller Absicht benutzt, um die falschen Männer zu verscheuchen.

„Jetzt hast du mich neugierig gemacht." Er hat schon fast sein ganzes Steak geschafft, während ich noch immer am ersten Drittel herumknabbere. Das Fleischaroma und das Kauen helfen mir dabei, mich zu beruhigen. Es ist etwas, auf das ich mich konzentrieren kann und lenkt mich von den hochkochenden Emotionen in meinem Innern ab. „Möchtest du mir etwas mehr über dich erzählen?"

Ich schaffe es, seinem Blick standzuhalten. „Wenn du es dann umgekehrt auch tust."

Er zögert kurz und stimmt dann zu. „Klar."

Es ist das erste Mal, dass eine kleine Alarmglocke bezüglich Jimmy bei mir schellt. Nur eine winzig kleine, ausgelöst von seinem Zögern, als ich ihn daran erinnert habe, wie wenig ich eigentlich über ihn weiß. Aber ich bin zu sehr geflasht von Freude, Furcht, Staunen, Erwartung und Unglauben, um auf sie zu hören.

Er mag mich. Er will mich. Zur Hölle mit allem anderen. Darum werde ich mich später kümmern.

„Ich stamme aus Illinois", beginne ich zögerlich. „Bin in einer Stadt namens Pontiac aufgewachsen. Ich bin nur manchmal nach New York gekommen, um meine Großmutter zu besuchen." Es bedeutete mehr als nur etwas besonders Tolles. Dieses Haus stand für Sicherheit, als ich kleiner war. Es stand für Geborgenheit und Wärme. Es stand für einen Ort, an dem ich wirklich willkommen war.

„Oh, die alte Dame war deine Großmutter? Ich habe ein wenig über sie von den anderen Nachbarn gehört, habe aber niemals selbst mit ihr gesprochen. Schien ein nette Frau gewesen zu sein." Er verschlingt den Rest seines Steaks und ich muss mich zurückhalten, ihm nicht ein Stück von meinem Fleisch anzubieten.

„Oh ja, das war sie. Lebst du schon immer in New York?" Ich beobachte seinen Gesichtsausdruck und erkenne erneut ein leichtes Zögern.

„Ich bin in Yonkers aufgewachsen. Aber die Geschäfte dort laufen nicht besonders. Und hier leben so viele Menschen auf kleinem Raum, dass jede Grünfläche optimal genutzt werden muss. Da draußen ist es eher wie in den Vororten. Nur die Reichen geben überhaupt Geld für Gartenpflege aus." Er zuckt mit einer seiner gewaltigen Schultern und trinkt seine Limonade mit wenigen, riesigen Schlucken aus.

Das Aufblitzen seiner Kehle erinnert mich an die letzte Nacht und wie ich ihn auf dieser Frau gesehen habe, jeder Muskel angespannt, die Hüften hart nach vorne stoßend und den Kopf im Nacken. Der Gedanke an dieses lange, ekstatische Stöhnen hallt in meinen Ohren wider und ich lasse beinahe das Glas in meiner Hand fallen.

„Whoa." Er fängt es auf, bevor es mir aus den Fingern schlüpft und ich starre nur und wundere mich, wie er so schnell reagieren konnte. Seine großen, kräftigen Finger strahlen eine angenehme Wärme aus, als sie meine unter sich einschließen. „Alles okay?"

„Ja... ja, ich war nur abgelenkt." Er möchte dasselbe mit mir tun. Er hat mich angemacht. Was soll ich tun? Ich möchte ja, aber... ich habe es noch nie zuvor getan. Hitze und Frösteln liefern sich in meinem Körper gerade einen Wettrennen und ich muss um Atem ringen. „Tut mir leid."

„Du musst dich nicht entschuldigen." Er ist jetzt so nah, dass ich erstarre, nicht weiß, was ich tun soll. Er nimmt mir das Glas ab und stellt es auf den Tisch, zögert dann und streichelt mir über die Hand. Ich presse reflexartig meine Beine zusammen und schaue zu ihm auf, als er sich über mich beugt. „Also... du warst noch nie mit jemandem zusammen?"

„Nein. Ich meine, ein bisschen. Kinderkram." Will heißen ein bisschen Rumgeflirte mit den weniger Durchgeknallten meiner Mitbewohner in der geschlossenen Abteilung für Gewalttätige. Verstohlene Küsse in Fluren. Einige zaghafte Dates kurz nachdem ich achtzehn geworden bin. Und dann... nichts mehr. „Ich interessiere mich nur für einen bestimmten Typ Mann. Ich bin wählerisch." Das sage ich mit weitaus ruhigerer Sicherheit in der Stimme, als ich es tatsächlich empfinde.

Er fährt mit seinen Fingerkuppen meinen Arm entlang, über meine Schulter, bevor er loslässt und mich zitternd und nach mehr verzehrend zurücklässt und zu seinem Stuhl geht. „Dann sollte ich mich jetzt wohl geschmeichelt fühlen." Aber dann zuckt einer seiner Mundwinkel. „Es sei denn, deine Ansprüche sind eigentlich gar nicht so hoch und du bist nur einfach an die falschen Kerle geraten."

Ich hole mein Handy raus und checke meine Nachrichten. „Fünf Schwanzbilder von völlig Fremden in den letzten sechs Stunden, zwei Anfragen nach Nacktbildern, eine Frage nach Sex, eine Nachricht von meinem Stalker und zwei weitere von irgendwelchen Heiratsschwindlern." Ich schaue ihn vielsagend an. „Meine Ansprüche sind hoch. Du kannst sie wahrscheinlich mühelos erfüllen, aber sie sind hoch. Hält jedoch die meisten Typen nicht von besagtem Scheiß ab."

Er lacht laut auf und gießt sich ein neues Glas Limonade ein. „Ich mag dich. Also, hast du Familie?"

Alles in mir erstarrt. Ich sitze für eine Weile nur da und blinzle und überlege, wie ich darauf antworten soll. „Meine Großmutter war meine Familie."

„Oh." Sein Lächeln wird etwas schwächer. „Das tut mir leid."

„Ist schon okay. Ich bin froh, dass sie Teil meines Lebens war." Das kann ich nicht wirklich von vielen Menschen behaupten. Aber manche Leute hatten noch nicht einmal einen Menschen in der Verwandtschaft, an den sie sich liebevoll erinnern konnten, also sollte ich mich nicht beschweren. Das hatte ich in der Irrenanstalt schnell gemerkt. „Und was ist mit dir?"

„Ach so... also, das Übliche. Große, italienische, katholische Familie. Fünf Geschwister, fünfzehn Cousins und Cousinen, bald der dritte Neffe. Unsere Weihnachtsfeste sind riesig." Er zwinkert mit den Augen.

„Das kann ich mir gar nicht vorstellen." Ein ausgelassenes, überfülltes Weihnachtsfest anstelle eines kalten, einsamen mit einem goldgeschmückten Baum, den man nicht berühren durfte? Geschenke mit Liebe gemacht anstatt unpersönlicher Geldumschläge? Mein Vater nannte es sogar „Weihnachtsstipendium" und erzählte mir, ich sei glücklich, so etwas zu bekommen. Auf der anderen Seite, was zählt schon die Meinung eines verrückten Kindermörders? Ich schüttele den Gedanke ab und wende mich wieder der aufblühenden Konversation mit Jimmy zu. „Wie bist du zur Landschaftsgärtnerei gekommen?"

„Oh, über meinen Onkel." Diese Antwort kommt spontan, fast schon eifrig. „Ein toller Kerl. Er hat mich und meine Schwester zusammen mit seinen eigenen drei Kindern großgezogen." Er leert erneut sein Glas und ich erwische ihn dabei, wie er mich mit gierigen Blicken abtastet.

Ich bin mir nicht sicher, ob ich mich stark oder ängstlich fühle; weiß nicht, ob ich in mir zusammensinken oder auf ihn zugehen soll. Es scheint wie Lampenfieber: die Kehrseite meiner Sehnsucht ist diese Furcht, dass meine Unerfahrenheit und mein Gebrochensein die ganze Sache verbocken werden. „Sieht so aus, als kämen wir aus ganz unterschiedlichen Umfeldern."

Er zuckt die Achseln und schenkt mir eines seiner sexy Lächeln. „Na ja, man sagt doch ‚Gegensätze ziehen sich an.'"

Und dann, einfach so, fährt er mit seiner rauen Fingerkuppe über meine auf dem Tisch liegende Hand. Ausgelöst von dieser leichten, bewussten Berührung wandern elektrische Funken meinen Arm entlang und ich vergesse jede einzelne Frage, die ich ihm eigentlich noch hatte stellen wollen.

# KAPITEL 7

## Jimmy

„Wow, das ist ja ein richtiger Dschungel hier", rufe ich belustigt, als ich Tinas Hinterhof begutachte. Das Haus ist noch unfertiger als ich angenommen hatte. Anscheinend sind bisher nur das Dachgeschoss und drei der Zimmer in den unteren Etagen komplett renoviert. Sie hat mich durch ihre halb fertiggestellte Küche geführt, um hierhin zu gelangen und mir ist klar geworden, wie hart es für sie ist, inmitten einer Baustelle wohnen zu müssen. Aber ich habe vor, ihr dabei zu helfen und ihr Herz mit Gartenarbeit und meinem Schwanz für mich zu gewinnen. Ich stütze meine Hände in die Hüften und schaue mich um.

Anscheinend hat die alte Dame ihre Rosen sehr gemocht. Ich erkenne ein Dutzend unterschiedlicher Farben, die durch das verworrene Gestrüpp hindurch blühen und ich kann nicht anders, als zu lächeln. „Magst du Rosen so sehr wie deine Großmutter es getan hat?"

„Ein bisschen. Ich meine, sie sind hübsch und riechen gut. Aber hauptsächlich möchte ich sie erhalten, weil sie mich an Oma erinnern." Sie bewegt sich vorsichtig durch die überwuchernden Gräser, Büsche, das Unkraut und die Wildblumen, die mal ein Rasen waren.

„Dann werde ich dafür sorgen, dass sie gerettet werden." Ich stelle mich dicht neben sie, um sie an meine Nähe zu gewöhnen. Sie ist scheu wie ein Reh und ich frage mich abermals, was ihr wohl zugestoßen ist. Aber dieses Mal bleibt sie still stehen. Darüber bin ich froh, sehr froh.

Ich hatte schon mit Mädchen zu tun, die von Männern verletzt worden sind – viele, weil es einfach viele von der Sorte gibt. Ich kapiere nicht, was diese Typen eigentlich glauben, wer sie sind... Frauen immer wieder auf diese Art zu verletzen. Wie gerne würde ich jedem Einzelnen von ihnen eine Abreibung verpassen, aber mir macht es nichts aus, die Scherben ihres miesen Verhaltens aufzusammeln, wenn ich dadurch bekomme, was ich will. Und außerdem, zu sehen, wie eine Frau sich von einer schrecklichen Erfahrung erholt und das gewisse Leuchten wieder in ihren Augen zu sehen, ist ziemlich nett. Nennt mich ruhig ‚romantisch'.

Ich lege eine Hand auf Tinas Schulter und spüre, wie sie leicht erzittert und den Atem anhält. Ich fahre mit meinen Fingerspitzen über ihre Schulter, zur Seite ihres Halses und sie atmet mit einem kleinen Keuchen wieder aus.

„Danke", murmelt sie nachträglich. Wir starren einige Momente das Gestrüpp an. Ich lasse meine Hand da, wo sie ist und nach ein paar zittrigen Atemzügen, legt sie ihre zarten, schlanken Fingern über meine.

Wieder fühle ich diesen Ruck bis in meine Leistengegend und ich lache in mich hinein. Kann sein, dass ich mir mit ihr etwas mehr Zeit lassen sollte, aber lange halte ich es nicht mehr aus. Sie scheint sich bereits für mich erwärmt zu haben, auch wenn sie zaghaft und schüchtern dabei wirkt. „Wie hat der Garten denn ausgesehen, als du noch ein Kind warst?", frage ich, einer plötzlichen Eingebung folgend.

Ihr Gesicht hellt sich auf und ich merke, wie sie tief Luft holt. „Die Rosenbüsche waren an den beiden Seiten der Zäune und die Obstbäume ganz hinten. Großmutter hatte einen Rasen in der Mitte… für ihre Hunde und mich, wenn ich zu Besuch kam. Es gab Himbeerstöcke, die hinten an einem Gitter emporwuchsen."

„Ah, das ist interessant." Hunde und hohe Mauern, die von dornigen Pflanzen gesäumt werden? Ich frage mich, wen oder was ihre Großmutter damit wohl auf Abstand hatte halten wollte. „Große Hunde?", frage ich.

Tina nickt. „Sie hatte einen Bernhardiner namens ‚Lady'. Der Hund hat ihr bei der Aufzucht von Pflegekatzen, die sie immer mal wieder für einen Tierrettungsverein aufgenommen hat, geholfen. Lady war sanft und lieb, aber sah nicht danach aus." Sie bewegt sich nicht unter meiner Hand, also streiche ich über ihren Rücken und lege einen Arm um ihre Schultern. Plötzlich beginnt sie erneut zu zittern – und jedes Mal, wenn sie das tut, fühle ich den gleichen, köstlichen Schub durch meinen Körper gehen.

Sei zeigt auf das Gelände, auf dem sich einst ein wunderschöner Hinterhofgarten befunden haben muss. „Im Frühjahr und Sommer hatte sie dort für den Hund ein Kinderschwimmbecken aufgestellt." Sie kichert, hoch und nervös und auf einmal realisiere ich, dass ihr Kopf voller Gedanken ist, von denen sie sich abzulenken versucht.

Warum? Weil ich sie berühre? Ich gehe minimal auf Distanz und sie rückt unbewusst wieder näher an mich heran. Das ist es also nicht. Gut zu wissen. Aber was dann?

„Also, ich habe eine Idee. Was hältst du davon, wenn wir den

Garten erstmal wieder in den Zustand von damals versetzen? Das wäre zunächst am einfachsten." Ich wende mich ihr zu.

Sie schaut sich wieder um, immer noch bebend und immer noch in meinem Arm. Dann schaut sie zu mir hoch. „Hört sich toll an", murmelt sie. Ich spüre, dass sie mir kaum noch zuhört. Ihre Gedanken sind ganz woanders, ich wüsste nur zu gern, wo genau, damit ich sie wieder zurückholen kann.

Ich gehe auf Risiko. Ein kalkulierbares, aber dennoch. Ich denke, dass sie ein bisschen angeschubst werden muss. Nur ein wenig, an den Rand ihres Wohlfühlbereiches. Mit meiner freien Hand umfasse ich zart ihren Kiefer und zwinge ihren Kopf ein wenig in den Nacken, als ich mich über sie beuge. Ihre Augenlider fliegen überrascht auf und schließen sich dann wieder etwas, fast schon schläfrig, als ihre Hände langsam über die Rückseite meiner Arme gleiten.

Ihr Mund schmeckt nach Limonade und Minzkaugummi und sie gibt einen leisen, weichen Laut von sich, als ich sie küsse. Sie klammert sich immer stärker bebend an mich. Erst reagiert sie kaum, aber irgendwann gibt sie sich endlich hin und küsst mich dann zärtlich zurück.

Mein kompletter Körper fühlt sich plötzlich an, als ob er vor innerer Hitze verglüht. Ich ziehe sie näher an mich, mein harter Schwanz reibt an meiner Jeans und mein Mund ist so hungrig nach ihrem, dass ich kaum Luft hole. Als ich es endlich tue, keuchen wir beide dermaßen, als hätten wir gerade einen 400-m-Sprint hinter uns.

Sie liegt sprachlos in meinen Armen. Ich lasse sie vom Haken. „Wow", ich atme wieder ruhig, als ich zu ihr hinunterblicke, „das war ziemlich gut."

„... eh hah", antwortet sie mit piepsiger Stimme.

Ich kichere und bewege mich ein winziges bisschen von ihr weg, um ihr eine Chance zu geben, mal Atem zu holen. Ganz davon abgesehen, dass ich mich selbst etwas runterkühlen muss. Das Blut in meinem Körper ist komplett in meinen Schwanz gewandert und ich möchte sie hoch zu diesem Zimmer tragen, von dem aus sie mich immer beobachtet und sie um den Verstand vögeln, aber jetzt noch nicht. Stattdessen ertaste ich ihre zarten, schmalen Hüften mit meinen Fingern und Küsse sie noch mal, kurz und leicht, bevor ich sie wieder loslasse.

Man sollte immer gehen, wenn's am schönsten ist. Das ist eine feste Regel. Kann sein, dass diese auch mich manchmal unbefriedigt zurücklässt, aber es wird sie erregen, neugierig machen... und weniger ängstlich.

Wovor hat sie überhaupt solche Angst? Wer zur Hölle hat dir dermaßen wehgetan, Süße?

„Also", sage ich ruhig, als ob gar nichts passiert sei, „ich glaube, ich hole mal mein Werkzeug und fange an."

„W...", setzt sie, immer noch benommen, an. „Was ... brauchst du noch was von mir?"

Ich schenke ihr ein schelmisches Grinsen. „Ein Sixpack Bier, sobald ich fertig bin. Und dann noch einen Kuss."

Sie wird fast schon bis hinter die Ohren rot, aber dann fängt sie sich, nickt schnell und lächelt.

Sobald ich bei mir zu Hause bin, mache ich mich an die Arbeit. Nicht etwa an das Beschaffen von Werkzeugen, sondern das Beschaffen von Informationen. Dieses Mädchen da drüben hat mindestens so viele Geheimnisse wie ich selbst – und ich möchte sie alle in Erfahrung bringen.

Die untere Hauptetage meines Hauses sieht relativ unpersönlich und minimalistisch aus, fast so, als würde das Haus zum Verkauf stehen. Simple, aber mit hochwertigem Mobiliar -- unauffälliger Stil und neutrale Farben. Aber oben und unten im Keller, dort sind die wirklich interessanten Bereiche, die Gäste normalerweise nicht zu sehen bekommen.

Das Haus hat zwei weitere Schlafzimmer, zusätzlich zum Dachboden, den ich zu einem Computerraum umgebaut haben. Er ist schallgeschützt und mehrfach isoliert, mit einer Reinluftanlage und Luftentfeuchtern neben den Servern und Ventilatoren. Fester Bestandteil, bevor ich einen neuen Job angehe, ist es, Informationen über die Zielpersonen zu sammeln. Wahrscheinlich ist es immer noch der Soldat in mir, denn bevor mich mein Onkel angeheuert hat, habe ich ähnliche Tätigkeiten für die US Marines erledigt.

Tina ist in dem Sinne keine Zielperson, aber mein Instinkt sagt mir, dass mit dem süßen, kleinen Mädchen irgendetwas nicht stimmt. Irgendwer muss sie verletzt haben. Bei diesem Gedanken verknoten sich meine Eingeweide und ich möchte denjenigen finden und zu Brei schlagen. Ich weiß, dass das wahrscheinlich unmöglich ist und je nachdem, wer es ist, würde es ihr noch nicht einmal helfen. Aber ich kann den Impuls nicht unterdrücken.

Der Raum unterm Dachboden wäre normalerweise – wenn die Ventilatoren und die Luftanlage nicht installiert wären – unerträglich heiß. Hier oben habe ich mein privates, luxuriöses, flüssigkeitsgekühltes EDV-System mit genügend Power, um eine eigene, kleine Server-Firma zu betreiben. Wenn mir Leute deswegen Fragen stellen, behaupte ich ein Hardcore-Gamer zu sein – bin ich aber nicht. Meine Stromrechnung ist im Sommer ziemlich gepfeffert, aber es fällt niemandem auf, weil dafür in der ganzen Nachbarschaft die Klimaanlage Tag und Nacht läuft.

Der passendere Name für das Ganze wäre eigentlich ‚Informationsgewinnung'.

Der große Bürostuhl ächzt unter meinem Gewicht, als ich mich hineinwerfe. Es ist gar nicht so einfach, solche großen, für mich passenden, mit extra hoher Rückenlehne zu finden, aber Onkel Ezio hat mir einen beschafft, als er herausgefunden hatte, wofür ich ihn benötige. Jetzt geht er mir damit auf die Nerven, ihm bei allem möglichen PC-Kram zu helfen – als wäre ich sein zehnjähriges Enkelkind, aber es macht mir nichts aus. Er mag mein Chef sein, aber er ist auch Familie.

*Tina Carson, Carson Renovierungen.* Ich finde ihre Social Media Accounts und ihre Internetseite innerhalb weniger Sekunden. Ich finde die Daten ihrer Unternehmenslizenz, Geschäftsunterlagen, Werbung und einiges an öffentlicher Korrespondenz. Sie hat ein Profil auf einer Online-Dating-Seite. Es ist deaktiviert, aber ich weiß, dass die Betreiber alle möglichen Daten für mindestens ein Jahr speichern. Ich merke mir, dass ich sie später noch checken muss.

Tina Carson aus Pontiac/Illinois. Ich probiere ihren Namen zusammen mit dem Keyword ‚Pontiac' in der Suchmaschine und blicke im nächsten Moment mit wachsendem Horror auf den Bildschirm.

Meine kleine Tina ist berühmt – und das nicht auf die gute Art. Nachrichtenartikel über Nachrichtenartikel von vor beinahe elf Jahren tauchen in meinem Feed auf und ich starre ungläubig auf die Schlagzeilen.

*Zehnjährige ermordet Vater mit seiner eigenen Schusswaffe*

*Killerkind Tina Carson könnte als Erwachsene vor Gericht gestellt werden*

*Untersuchungen zu Carson weisen auf Verbindung zu Kinderserienmordfall*

*Maske vom Tatort stimmt mit der des Wolfskopfkillers überein*

*Mutter von Killerkind Carson bezeichnet Maskenvorfall, bei dem Ehemann starb, als „Streich"*

*DNA-Beweis bringt Aaron Carson mit Wolfskopf-Morden in Verbindung*

*Notwehr: Tina Carson im Fall ihres Kindermörder-Vaters entlastet; Mutter möchte in Revision gegen eigene Tochter gehen*

*Tina Carson wird in geschlossene Psychiatrische Klinik eingewiesen*
Carson Mutter wegen Strafvereitelung angeklagt
Carson Mutter könnte Serienkiller-Ehemann geholfen haben
Neues Kapitel in Tina-Carson-Story: Mutter blockiert Erbe

HEILIGE SCHEIßE. Und so geht die Liste immer weiter. Meine kleine Spanner-Tina ist das Kind zweier Monster. Eines davon lebt noch. Das andere hat Tina mit eigenen Händen umgebracht und hat dafür mit dem Hass der eigenen Mutter und Gefangensein in einer psychiatrischen Anstalt bezahlt. Kein Wunder, dass der kleine heiße Feger noch Jungfrau ist – sie wurde gegen ihren Willen unter Verschluss gehalten!

Mir fehlt die Zeit, um durch jedes einzelne schmutzige Detail zu gehen, aber das ist jetzt auch egal. Ich habe sie jetzt schon so gern, dass es mein Blut zum Kochen bringt. Kein Wunder, dass sie so scheu ist. Kein Wunder, dass sie derart wachsam ist, bei allem, was im Radius ihres Hauses passiert.

Die Intensität meiner Reaktion beunruhigt mich. Ich kenne das Mädchen kaum. Ich bin mir im Klaren, dass ich sie dahingehend manipulieren muss, dass mir ihre wachsame Art keine Probleme machen wird. Ich bin mir im Klaren, dass ich sie bis zur Bewusstlosigkeit ficken will – verdammt, ich könnte mir das sogar auf regelmäßiger Basis vorstellen. Ich habe schon vorher Freundschaften mit gewissen Extras gepflegt. Das könnte doch funktionieren, oder?

Aber die ganze Sache macht mich immer noch stinksauer. Sie verteidigt sich gegen ihren Vater, macht sich die eigene Mutter zur tödlichen Feindin und endet wegen dem ganzen Mist schließlich für ihr halbes Leben unter Verschluss in der Psychiatrie. Am liebsten möchte ich etwas kaputtschlagen. Ich entschließe mich runterzugehen, mein Werkzeug zu schnappen und meine Wut am Chaos in ihrem Garten auszulassen. Wenn meine Laune sich etwas gebessert hat, muss ich mir auch keine Sorgen mehr machen, sie dadurch noch zusätzlich nervös zu machen. Ich werde mich erstmal abkühlen.

Dann wird es Zeit sein, endlich zur Sache zu kommen.

## KAPITEL 8

### Tina

Er hat mich geküsst.

Ich stehe am Fenster meines Dachbodens und starrte durch die schrägen Fensterscheibe auf das Massaker in meinem Garten. Da war Jimmy mit nacktem Oberkörper, Stirnband und dicken Handschuhen und war am Sägen, Stutzen und mähte sich fast genau so schnell einen Weg durch nahezu fünf Jahre Unkraut wie es gedauert hatte, die Sache zu besprechen. Und alles, was ich tun kann, ist: glotzen.

Ich habe das Bier für ihn bereitstehen. Anscheinend haben wir da denselben Geschmack, immerhin etwas. Was den Kuss anbelangt... Ich beobachte seinen schimmernden, dreckverschmierten Körper bei der Arbeit; sehe, wie er Gräser und Unkraut zurückschneidet und meine Lippen kribbeln immer noch. Ich weiß, dass das zum Teil meiner Schwärmerei für ihn geschuldet ist, aber ich habe noch nie zuvor in meinem Leben bekommen einen derartigen Kuss von einem Mann.

Was mich anbelangt, sollte es nicht bei diesem einen bleiben. Mir ist schwindelig und ich muss aufpassen, dass ich nicht hyperventiliere, während ich ihm bei der Arbeit zuschaue. Er ist gerade von nebenan gekommen, die starken Arme voller Werkzeug und bereit loszulegen. Er hat vorgeschlagen, dass ich mich ein bisschen ausruhen könne, während er sich um alles kümmert. Aber wer kann schon nach einem solchen Kuss und der Aussicht auf mehr zur Ruhe kommen und ein Nickerchen machen?

Er hatte irgendetwas in mir zum Leben erweckt. Eine wilde Art der Erregung und Vorfreude, die meine ganze Angst wie Eis in einem Brennofen mit einem Mal fast komplett schmelzen ließ. Auf der einen Seite fühlt es sich so viel besser an zu glühen, als sich die ganze Zeit nur zu fürchten. Auf der anderen Seite bedeutete es, dass – falls ich jetzt versuchen würde, mich in mein Bett zu legen – mein ganzer Körper von diesem unerwarteten Gefühlschaos sowieso nur vibrieren würde.

Der vernünftige, auf Selbstschutz bedachte Teil meines Ichs flüstert mir Warnungen zu und erinnert mich daran, dass ich ihn kaum kenne. Erinnert mich daran, dass mir der Staat mittlerweile nicht mal gestatten würde, mir eine Waffe zuzulegen, um mich selbst zu schützen und dass, falls ich ihn in mein Haus und mein Herz lasse, er mir so sehr wehtun könnte, dass ich endgültig verrückt würde.

Und dennoch...

In einer Beziehung hat mein Therapeut recht. Hat er wirklich. Falls ich ständig wegen der ganzen ‚Abers' und ‚Wenns' und ‚Vielleichts' die Nerven verliere, komme ich tatsächlich nie dazu, wirklich zu leben.

Also beobachte ich Jimmy, wie er mit meinem Unkraut und Gebüsch kämpft und fühle, wie mein Herz so heftig in meiner Brust hämmert, dass es sein kann, dass gleich mein ganzer Körper davon erzittert. Ich weiß vielleicht nicht viel darüber, was nach einem Kuss passiert – nicht aus erster Hand – aber ich weiß, dass ich es sehr bald herausfinden werde.

Jimmy wirkt fast ein bisschen wütend, als er mit dem Rechen einen weiteren Haufen Unkraut und heruntergekommener Vegetation in einen Sack kehrt. Meine Auffahrt wird in Null-Komma-Nichts von diesen Säcken gesäumt sein. Die Nachbarn könnten sich beschweren. Sie sind jetzt schon nicht glücklich darüber, dass die Renovierungsabfälle meinen Parkplatz und die Vorderfront meines Hauses „verschönern".

Aber jetzt, in diesem Moment, als ich ihn so bei der Arbeit beobachte, verfliegt die Angst vor dem möglichen Ärger mit den Nachbarn ganz schnell wieder. Es fühlt sich so gut an zu wissen, dass mindestens ein Nachbar auf meiner Seite ist.

Und zusätzlich noch ein wirklich, wirklich guter Küsser ist.

Plötzlich beginne ich zu zittern und lege mich doch ein bisschen hin, starre an die Decke, bis der Raum aufhört sich zu drehen. Ich lächle so breit, dass mir das Gesicht fast wehtut. Wie lange ist es her, dass ich so viel und intensiv gelacht habe? Vielleicht seit ich sieben war – und es war in genau demselbem Haus wie jetzt.

Ich schaue mich in meinem Zimmer unterm Dachboden um – meinem Allerheiligsten. Es ist mit einer Stahltür und einem eigenem Badezimmer ausgestattet. Es hat außerdem eine Feuerleiter, auf der ich nach unten klettern könnte. Die Fenster sind von außen unerreichbar und die Treppen sind alt und knarren, wenn man sie betritt. Ich habe diesen Raum selbst so gestaltet, ganz bewusst die Treppen und das Knarren so belassen, während ich von unten neue Stützen eingebaut hatte. Es ist nicht der sicherste Panic-Room aller Zeiten, aber er fügt sich ins Haus ein – und bedeutet, dass auch, wenn unten nicht alles gesichert ist, ich ruhig schlafen kann – und das ist am wichtigsten.

Aber jetzt lasse ich jemanden in dieses Allerheiligste,

jemand, der mich tatsächlich verletzen könnte. Aber immer, wenn er mich berührt, fühlt es sich so gut an, dass ich dieses Risiko eingehen möchte. Ich möchte wissen, wie es ist, mit jemanden, den ich wirklich mag, zusammen zu sein. Selbst falls die ganze Sache nie darüber hinaus gehen sollte, selbst wenn er mir morgen wehtun sollte und ich ihn morgen aus meinem Leben verbannen müsste, möchte ich es doch immer noch wissen.

Ich starre auf die vielen schimmernden Gebilde, die sich an der Dachschräge über meinem Kopf bewegen. Die Mobiles habe ich während des jahrelangen Kunstunterrichts selbst angefertigt. Sie sind mit im Dunkeln leuchtender Farbe bemalt. Sie sind voller Sterne und Planeten, merkwürdig archaisch aussehenden Vögeln und Fetzen von Fotos von Illustrationen.

Über Jahre habe ich diese Mobiles geradezu obsessiv produziert und über mein Bett gehängt, wie andere es mit Traumfängern tun. Mittlerweile drehen sich davon Dutzende in der leichten Brise, die vom Fenster herüberweht und die kleinen, angeklebten Spiegelscherben schicken kleine Muster aus Licht über das schwere Holzgebälk. Werde ich mir diese auch später, während er mich unter sich auf die Matratze drückt, ansehen? Allein der Gedanke daran, löst ein freudiges Erschaudern meine Wirbelsäule entlang aus.

Ich muss beim Anschauen der Lichtmuster weggedöst sein. Als ich meine Augen wieder öffne, ist das reflektierende Licht vom Abendhimmel bereits rosa gefärbt. Ich springe seltsam verlegen auf und renne zum Fenster.

Ich staune. Der Garten ist komplett aufgeräumt. Es sieht noch nicht ganz so aus wie damals bei meiner Großmutter, aber schon sehr ähnlich, so dass ich mir vorstellen kann, wo der Kinderpool gestanden hat und wie es wäre, barfuß über den frisch gemähten Rasen zu laufen. Die Rosenbüsche sind ziemlich zurückgeschnitten, aber es sind noch immer Blüten da.

Man kann die Apfelbäume wieder erkennen. Und jeder einzelne Sack mit Gartenabfall ist weggebracht worden. Alle, bis auf einen, den Jimmy gerade auf seiner Schulter durch den schmalen Durchgang schleppt.

Ich schlüpfe zurück in meine Sandalen, schnappe mir das Bier aus dem Mini-Kühlschrank und möchte ihm schnellstens eine Abkühlung anbieten. Der arme Kerl... arbeitet so hart bei dieser Hitze. Ich sollte ihm auch meine Dusche anbieten. Ich werde zwar den Zwang, ihn dabei beobachten zu wollen, unterdrücken müssen, aber egal.

Ich nehme eins der Biere und fange ihn an der Hintertreppe ab. Er kommt keuchend und vor Hitze nur so dampfend auf mich zu. Ich biete ihm die Flasche an und er presst sie sofort an seine Schläfen, um sich abzukühlen. „Danke, Baby", meint er heiser und seine Augen wirken müde, aber dankbar.

„Ich danke dir. Ich habe gesehen, was du alles geschafft hast. Mir war nicht klar, dass du alles gleich heute erledigen wolltest." Er arbeitet schnell. Ich frage mich, was das wohl für sein Sexleben bedeutet.

„Ach, das ist nur der Anfang", sagt er lässig. „Da muss noch eine Menge an Arbeit investiert werden, aber mach dir darum jetzt keine Sorgen. Es wird so gehen, bis ich morgen anderes Werkzeug besorgt habe."

Er öffnet seine Flasche und nimmt einen Schluck, zu schlau, um es komplett hinunterzustürzen, während sein Körper noch so aufgeheizt ist. „Du... äh... kann ich mich irgendwo waschen?", fragt er mich und ich fühle einen Stich in meiner Brust.

„Oben, Dachboden. Das ist der einzige Teil des Hauses, der komplett fertig ist – inklusive eigenem Badezimmer." Meine Stimme klingt irgendwie piepsiger und die Worte kommen schneller aus meinem Mund als eigentlich beabsichtigt und triefen nur so vor Nervosität.

„Danke, Süße. Ich glaube, eine letzte Treppe schaffe ich

gerade noch so. Holst du mein Bier?" Er geht an mir vorbei, zum Treppenaufgang. Ich starre ihm einige Sekunden hinterher, unsicher, wie ich jetzt reagieren soll – dann verschließe ich hastig die Hintertür und folge ihm rasch mit der Flasche.

## KAPITEL 9

### Jimmy

Es ist eine Kunst, eine Frau zu verführen. Die Herangehensweise muss jeder Einzelnen genauestens angepasst werden. Eine Alpha-Weibchen-Unternehmerin wird die höfliche, aber direkte Anmache eher zu schätzen wissen als eine nervöse Trauma-Überlebende, und eine frustrierte Hausfrau ist leichter zu ködern als ein Biker-Chick mit zwei Freunden, einer Freundin und einer Datingliste, die länger als dein Arm ist. Bei Tina ist eine subtile Herangehensweise gefragt. Ich werde sie noch für etwas Intensiveres, Härteres begeistern, aber dazu später... momentan hole ich sie da ab, wo sie ist.

Als ich die Treppen hochsteige, brennen meine Muskeln von der Anstrengung und meine Haut juckt unter den Schichten von Schweiß' – ich denke, es ist besser, sich noch nicht an die zahme, kleine Tina heranzumachen. Ich erinnere mich daran, was sie am liebsten tut. Sie mag es, mich zu beobachten – wahrscheinlich mit so wenig Klamotten wie möglich am Körper. Sie wird es nicht erwarten können, mich unter ihrer Dusche zu haben.

Das erste Bier ist in ein paar Schlucken geleert. Ich gehe die Treppen hinauf und finde mich in einem luftigen, romantischen Raum mit Dutzenden von schimmernden Mobiles wieder, die von den Schrägen unterm Dach herabhängen. Darin steht ein Himmelbett, geschützt von langen, weißen Mosquito-Netzen. Es gibt einen kleinen Tisch, zwei Stühle, einen Mini-Kühlschrank, einen Schreibtisch mit Laptop und einen Türbogen, der in den immer noch hellen Wintergarten führt – und dann noch die Tür zum Badezimmer.

„Ja, genau, da rein... Du kannst, ähm, eines meiner Handtücher benutzen, wenn du willst." Ihr Blick streift immer wieder ganz sachte über mich, wie die Flügel eines kleinen Falters.

Ich grinse breit und gehe in das Bad, das mit antiken Kacheln in diversen melancholischen Blautönen gefliest ist. Ich lasse die Tür „versehentlich" einen Spalt offen, gerade so weit, dass der Luftzug vom kleinen Fenster sie komplett aufstoßen könnte. Von der Tür aus hat man einen unverstellten, direkten Blick auf die Duschkabine. Alles, was sie tun muss, ist, sich irgendwo zu platzieren, von wo sie die Tür sehen kann... wenn sie sich nicht sowieso direkt in den Türrahmen stellt.

Ich lasse mir viel Zeit, schrubbe mich ab, stelle den Duschkopf ein, stöhne vor Erleichterung auf, als das Jucken endlich aufhört und genieße den kalten Strahl, der mir auch noch den letzten Rest des schmutzigen Gefühls nimmt. Ich benutze ihre Pfefferminzseife und eines von diesen kratzigen Luffa-Dingern, und zusammen mit dem kühlen Wasser fühlt es sich mehr als nur erfrischend an. Ich fühle mich tausendfach lebendiger und wacher, als ich mein Haar abspüle und die Augen wieder öffne.

Direkt hinterm Türrahmen kann ich ihre Silhouette erahnen, ein durch die Wassertropfen schimmernder, violetter Schatten. Sie hat die Hände an den Mund gepresst. Ich strecke mich, lasse das Wasser über meinen Körper rinnen, während mein Schwanz – angefacht durch ihren Blick – zum Leben erwacht. Ich sehe, wie sie mich beobachtet, tue aber ahnungslos. Als ich das Wasser schließlich abdrehe, kann ich noch hören, wie sie kurz nach Luft schnappt und sich dann schnell von der Tür zurückzieht und außer Sichtweite läuft.

Ich lächle in mich hinein. Ich bin sauber, ich bin hart und meine Klamotten sind voller Schweiß, Dreck und Pflanzensaft. Es macht keinen Sinn, sie noch einmal anzuziehen. Also nehme ich stattdessen das Handtuch, das sie mir angeboten hat, trockne mich ab und knote es mir um die Hüfte – in vollem Bewusstsein, dass es meine Erektion kaum zu verbergen vermag. Sie mag es, Dinge zu anzuschauen – also gebe ich ihr was zum Anschauen.

Als ich nur im Handtuch zur Tür hinausschlendere, fällt ihr die Kinnlade herunter und ihre Augen werden groß – ich breche fast in Lachen aus. Hallöchen! „Ich habe nichts anzuziehen, die Klamotten sind alle hinüber. Funktioniert deine Waschmaschine?"


„K...Keller", murmelt sie und ihr Blick klebt an meinem Schritt. Ich gluckse und hebe eine Augenbraue.

„Hast du etwas dagegen, wenn ich sie später wasche? Ich habe es nicht eilig, mich wieder anzuziehen. Es sei denn, es stört dich..." Ich sage das so lässig wie möglich und sehe, wie sie eine Antwort unterdrückt.

„Mich stören?", murmelt sie, lacht dann und schüttelt den Kopf. „Nicht wirklich. Um ehrlich zu sein... ich sehe das gerne." Sie kaut nervös auf ihrer Lippe und gibt dann zu: „Alles, was ich bisher tun konnte, war Dinge zu beobachten. Also mag ich es."

„Scheues Mädchen." Ich gehe auf sie zu, das Handtuch, vorne zum Zelt aufgerichtet, weist mir dabei den Weg. Ich bemerke, wie sie nicht zu starren versucht und kläglich scheitert und das amüsiert mich noch mehr. „Also... wegen mir kannst du so viel schauen, wie du möchtest."

Sie leckt sich mit ihrer winzigen rosa Zunge über ihre vollen, kurvigen Lippen. Ihr Blick streichelt mich wie eine Hand. Meine Lenden ziehen sich weiter zusammen, es tut fast schon weh. Aber als ich so dastehe und sie um mich herumgeht, mir nahekommt, ohne mich direkt zu berühren, bemerke ich, wie auch in ihr die Hitze steigt. Das Zittern in ihrem Atmen. Ihre geweiteten Pupillen.

Ich lächle sie an – bestärkend, einladend. Wenn wir hiermit fertig sind, wird sie so Feuer und Flamme sein, dass ich ihr jedes Geheimnis anvertrauen könnte. Ich wette alles darauf – und ich verliere niemals.

Sie hält vor mir an. Sie hat eine Hand ausgestreckt, berührt mich jedoch nicht. Sie kommt einen kleinen Schritt näher und ich verringere die Distanz zwischen uns um ein weiteres Bisschen. Sie schaut zu mir auf, ihre Augen scheinen etwas in meiner Miene zu suchen. Ich bin mir nicht sicher, warum sie noch immer zögert, reiße mich aber zusammen. Bei dieser Sache hilft nur Geduld und ich bin mir sicher, dass es sich am Ende lohnen wird.

„Du kannst mich auch gerne anfassen", sporne ich sie sanft an. Sie beißt sich wieder kurz auf die Lippe, streckt dann ihre Hand aus und legt sie an meinen Hals.

Ich neige den Kopf ein wenig, wie ein Tiger, der gerade gestreichelt wird, während ihre Finger durch mein nasses, welliges Haar und dann über meine Schulter wandern. Ihr Atem kommt in kleinen, unregelmäßigen Seufzern und ihre warmen, trockenen Finger gleiten über meine feuchte, kühle Haut und hinterlassen dabei kribbelnde Spuren. Ich war noch niemals so scharf darauf, von einer Frau berührt zu werden und ich musste mich noch niemals zuvor so sehr zusammenzureißen, um ruhig zu bleiben.

Mit ihren Fingerkuppen fährt sie über meine Brust und meinen Bauch entlang und schreckt zurück, als sie auf den Rand des Badetuchs trifft. Wir sind noch nicht ganz am Ziel, aber sie wird immer mutiger. Schon gleiten ihre warmen Hände über meinen Rücken und sie schmiegt sich in meine Arme.

Als ich sie dieses Mal küsse, erwidert sie den Kuss und allein diese eine mutige Geste setzt mich komplett unter Strom. Mein Schwanz pocht beharrlich gegen den Frottierstoff, als sie sich gegen mich presst. „Verdammt, Süße", stöhne ich in ihr Ohr, als der Kuss aufhört, „du machst mich wirklich an." Und ich küsse sie wieder, heftiger, lege meine ganze Leidenschaft für sie hinein. Sie beginnt erneut zu zittern.

Ihre Finger bewegen sich zaghaft auf meinen Hintern zu und streicheln ihn dann durch das Handtuch. Ich lächle auf ihren Lippe, halte sie einen Moment lang mit einem Arm, währen ich das Handtuch zwischen uns entknote. Es fällt zu Boden, mein Penis springt hoch und reibt sich jetzt an dem etwas rauen Stoff ihres Kleides.

Sie erstarrt geschockt, als sich ihre Hände plötzlich auf der nackten Haut meines Hintern befinden, und für einen Moment denke ich, dass ich zu weit gegangen bin. Aber dann schaut sie zu mir auf und ihre Hände beginnen, mich zu liebkosen und zu kneten, ihre Fingernägel kratzen über meine Haut am Po, über meine Hüften und schließlich über meine Bauchmuskeln. Und gerade als ich denke, dass ich nicht noch härter werden könnte, legen sich ihre kleinen, zarten Hände um meinen Erektion.

Ich stoße ein scharfes Keuchen aus, als mich ein Ruck durchfährt und mein Schwanz so sehr pocht, dass er einen Lusttropfen entlässt. Sie massiert ihn in meine Haut, als sie mit besonderer Intensität meine Eichel und meinen Schaft erkundet – als wollte sie jeden Zentimeter von mir allein durch ihre Berührungen in Erinnerung behalten. „Ah... Süße... mmhh. Das ist gut."

Meine Eier sind mittlerweile so angeschwollen, dass ich sie an meinem Körper fühlen kann. Jeder Millimeter meines Körpers, den ihre Finger berühren, lässt die Spannung in mir ein wenig mehr ansteigen. Als sie meinen Penis schließlich komplett mit beiden Händen umschließt und ihn vorsichtig melkt, stöhne ich auf und stoße mit den Hüften nach vorne.

Ich muss sie letztendlich stoppen, indem ich vorsichtig ihre Hände in meine nehme. „Okay, Baby. Ich brauche eine Pause oder ich werde noch auf deinem hübschen Kleid kommen." Ich hebe eine Augenbraue und neige den Kopf. „Um ehrlich zu sein, sehr wahrscheinlich würde ich es sowieso ruinieren. Vielleicht möchtest du es lieber gleich auszuziehen?"

Sie starrt mich einen Moment lang an... und nickt dann, mit einem winzigen Lächeln auf dem Gesicht. Ich beobachte sie dabei, wie sie beginnt, die lange Reihe von Knöpfen auf der Vorderseite zu öffnen und mein Mund wird trocken. Langsam und mit immer noch schüchternem Blick zieht sie den Stoff über ihre Schultern.

Der kleine schwarze BH aus Satin, der darunter zum Vorschein kommt, ist eine nette Überraschung. Ohne Spitze – geschmeidig, schimmernd und ihre blasse Haut betonend. Ich bleibe ganz still, für den Moment damit zufrieden, ihr zusehen zu dürfen, so wie sie es zuvor umgekehrt getan hat. Aber mein Körper begehrt ihren bereits so sehr, dass es schmerzt.

## KAPITEL 10

### Tina

Seine Haut ist warm und weich und er erschaudert unter meinen Händen, als ich ihn endlich so berühren darf, wie ich es mir schon die ganze Zeit erträumt hatte. Er reagiert auf jede einzelne meiner kleinen Liebkosungen und erfüllt mich mit einem merkwürdigen und mir völlig unbekannten Gefühl der Macht. Ich erkenne nach und nach, dass – trotz seiner körperlichen Überlegenheit – ich nun diejenige bin, die die Kontrolle hat. Er hat sie mir gegeben.

Ich weiß nicht, wie er erahnen konnte, dass ich so viel Vorsicht und Zuwendung brauche. Vielleicht hat er einfach sehr gute Instinkte. Oder vielleicht ist er mit jeder Frau so zärtlich. Wenn ich mir allerdings überlege, was ich letzte Nacht gesehen habe, scheint dies nicht der Fall zu sein. Schließlich stoppe ich meine Gedankenmaschinerie und genieße nur noch.

Als ich seinen Penis anfasse, erkenne ich auf einmal, dass all meine sorgfältigen, zaghaften Erkundungen ihn anzutörnen scheinen. Er zittert, er stöhnt, sein Schaft pocht in meiner Hand, als ich die samtene Haut darum verwöhne. Er ist so groß, so dick, dass ich mich frage, wie das alles ohne Schmerzen in mich hineinpassen soll. Ich werde es wohl bald herausfinden, denke ich ein wenig nervös. Ich will es, aber habe gleichzeitig ein wenig Angst davor.

Als wir uns dieses Mal küssen, erstarre ich nicht mehr. Als der Kuss dieses Mal endet, bittet er mich darum, das Kleid auszuziehen. Und ich tue es. Langsam, zögernd, aber meine Finger erledigen den Job ohne Fummelei und schon kurze Zeit später, streife ich mir den Stoff über die Schultern. Gott sei Dank habe ich heute Morgen einen schönen BH angezogen, denke ich aufgeregt, als er mich anstarrt.

Da meine Knie sich wie Pudding anfühlen, nehme ich seine Hand und führe ihn zum Bett. Es ist riesig. Ich brauche Raum, vor allem in der Sommerhitze. Ich setzte mich darauf und schaue zu ihm hoch, als er mit leicht bebendem Schwanz auf mich zukommt.

Er beugt sich über mich und nimmt erneut meinen Mund in Beschlag; dieses Mal lasse ich mich zurück ins Bett fallen, während er auf mich klettert und dann über mir kauert. Ich spüre sein Glied an meinem Bauch, als er mein Gesicht und meinen Hals mit sanften Küssen bedeckt, die eine Hand abgestützt, die andere mich streichelnd.

Seine Hand ist riesig und schwielig, seine Berührung fest, ohne rau zu sein. Er gleitet mit seinen starken Händen an meiner Seite hoch und runter, umfasst meine Hüften und beginnt damit, sie durch die Shorts hindurch zu streicheln. Kleine Stromschläge voller Lust fahren durch mich hindurch, von meiner Hüfte, über meinen Bauch und kulminieren schließlich in meiner noch unberührten Klit, die fast schon nach einer Berührung zu schreien scheint. Ich stöhne leise, als seine Zunge an meiner Kehle entlangleckt, sich dann weiter nacht unten bewegt und schließlich in mein Dekolletee eintaucht.

Immer mal wieder, während er mich liebkost, bekomme ich ein wenig Angst. Ich atme dann tief ein und konzentriere mich auf das, was er mit mir macht. Nicht auf meine Scheu oder meine Bedenken. Als ich mich in den Empfindungen zu verlieren beginne, wird es leichter.

Er küsst mich wieder und wieder durch den Stoff meines BHs, fährt mit seinen Fingern an der Rückseite entlang. Sein Mund wird aggressiver und neckt und beißt und knabbert durch den Satin, bis meine Nippel so hart sind, dass sie ein bisschen wehtun.

Ich will mehr. Ich will seinen Mund direkt auf meiner Haut. Ich wimmere und biege mich, bekomme keinen sinnvollen Satz zusammen, fasse schließlich nach hinten, um den BH selbst zu öffnen.

Er bewegt sich und landet mit seinen Lippen hart auf meinen und im selben Moment fühle ich, wie seine geschickten Finger den Haken lösen. Die Körbchen lockern sich und ich schlüpfe eilig aus den Trägern und schleudere ihn zu Boden.

Er spürt, wie meine nackten Brüste auf seine Brust rutschen und stöhnt in meinem Mund, dann lehnt er sich ein wenig zurück, um mich anzuschauen. Ich starre scheu zurück und erkenne ein fasziniertes Vergnügen in seiner Mimik als sein Blick auf meinem Busen ruht, den ich exakt gar keinem Mann zuvor gezeigt habe – egal, wie sehr er darum gebettelt hat. Sein Blick schickt ein warmes Gefühl durch mich hindurch, was das schmerzliche Verlangen in meiner Vagina noch intensiviert.

Er umfasst eine meiner Brüste ehrfürchtig mit seiner Hand und beginnt, sie zu küssen. Zuerst auf der normalen Haut, dann in kreisförmigen Bewegungen zu den inneren, empfindlicheren Stellen. Jeder Kuss fühlt sich toll an, aber als er der Brustwarze näher kommt, beginne ich erneut zu zittern und mein Rücken krümmt sich in einem stillem Bitten. Dann umschließt er sie mit seinen Lippen und saugt lange und zärtlich daran. Mein Körper spannt sich an, während sich ein mir unbekanntes Lustgefühl in mir aufbaut. Das Pochen in meiner Scheide wird intensiver, je stärker er saugt. Ich bin nicht mehr in der Lage, zu sprechen, das Einzige, was jetzt noch aus mir herauskommt, ist ein Summen.

Er bewegt sich und widmet sich nun dem anderen Nippel auf die gleiche Weise, lutscht daran und rollt ihn zwischen seinen Fingerkuppen. Ich winde mich unter vollkommen ungewohnten Empfindungen, in meinem Kopf nur noch ein weißes Rauschen. Meine Hüften reiben sich wie von selbst an seinen. Ich höre meine eigene Stimme, wie sie nach mehr bettelt und mir ist klar, dass ich die Kontrolle komplett verloren habe.

Meine Vagina zieht sich wie eine Faust in meinem Körperinneren zusammen, meine Klit pocht wie verrückt. Mein Rücken krümmt sich langsam, während mir ein bettelndes Winseln herausrutscht. Dann gleitet seine Hand an meinem Bauch herunter und umschließt meinen Venushügel durch meinen Slip hindurch. Er knetet ihn zärtlich, ich schnappe immer verzweifelter nach Luft, während dieses Gefühl über mich hinwegrollt, durch meine Hüften hindurch und diese erschüttert und erzittern lässt.

Es passiert. Er tut es wirklich. Er wird es wirklich tun.

Ich hebe meine Hüften an und spüre, wie er meinen Slip herunterzieht. Ich denke nicht einmal daran, zu protestieren. Warum sollte ich?

Seine Finger beginnen damit, mein Geschlecht zu erkunden, sehr zärtlich und langsam, lassen mir Zeit, mich an die Berührungen dort zu gewöhnen. Er massiert mich außen, lässt dann seine Finger in mich hineingleiten, fährt mit den Fingerkuppen träge an meinem Schlitz entlang, während er gleichzeitig immer noch meine Brüste liebkost. Ich kann seinen Blick auf meinem Gesicht währenddessen nur erahnen, da alles um mich herum verschwommen erscheint, bis ich letztendlich einfach meine Augen schließe.

Ich bin jetzt schon ungeduldig. Ich sehne mich nach etwas... und als seine Finger beginnen, meine Klit zu verwöhnen, fühlt es sich unglaublich gut an. Aber irgendwie macht es das Sehnen noch schlimmer.

Ich höre sein Keuchen und fühle seine Spitze über meine Haut streifen, als er sich etwas zurückzieht, mich an den Hüften packt und zum Rand des Bettes befördert. Er macht dort weiter, wo er aufgehört hat – und als ich anfange, unkontrolliert zu stöhnen, wird er noch schneller.

So unglaublich gut... jede Faser in mir möchte laut hinausschreien, wie unglaublich gut es sich anfühlt. Stattdessen winsele ich und schluchze und presse meine Hüften gegen seine Hand, während sich irgendwas in mir enger und enger zusammenzieht, wie eine Sprungfeder, die gleich hart zurückschnellen wird.

Er verlangsamt das Ganze minimal und lächelt mich an. „Bist du bereit, Baby?", schnurrt er und ich fühle, wie etwas Warmes, Glattes, Samtiges an meine Schamlippen stößt.

Es ist soweit. Ich bin an einem Punkt angelangt, an dem ich ihn so sehr begehre, dass es für Furcht einfach keinen Raum mehr gibt. Ich atme tief ein und nicke.

Er streichelt mich wieder schneller, während ich mich ihm breitwillig entgegenschiebe und er schließlich in mich hineingleitet. Sein erheblicher Umfang dehnt mich auf fast schmerzhafte Weise aus; seine Augen weiten sich, als sein Schwanz in mich hineinstößt und mich vollkommen ausfüllt, dann schließen sie sich und er stöhnt laut auf.

Er hebt mich mit einem Arm an, während die andere Hand ihre Magie zwischen meinen Schenkeln fortsetzt. Ich schließe die Augen, fühle seinen Penis in mir pulsieren, als er kurz vorm Stoßen noch ein Mal innehält. Seine Finger streicheln und streicheln und jede Berührung macht mich noch verrückter als die davor. Meine Gedanken scheinen sich nur noch um meine

Klitoris zu drehen und zu implodieren, bis die Empfindungen alles sind, woran ich noch denken kann.

Meine Muskeln ziehen sich um seinen Schwanz zusammen, enger und enger und es fühlt sich besser und besser an. Und dann wird das Lustgefühl so intensiv, dass ich laut schreie.

Ich drücke meinen Rücken komplett durch. Meine Scheide zieht sich plötzlich eng um seinen Schaft zusammen, melkt ihn rhythmisch, als meine Nervenenden ein reißender Strom aus vorher nie gefühlten Empfindungen durchfließt. Immer und immer wieder explodiere ich vor Lust, als ich mich mit aller Kraft an ihm reibe.

Mein Drehen und Winden bringt ihn zum Stöhnen und er beginnt härter zuzustoßen, so dass sein Bauch bei der Bewegung auf meinen klatscht. Ich ziehe ihn zu mir herunter, klammere mich an ihn, biege mich an ihm zurecht und erwidere sein Hämmern und Stoßen. Seine Augen sind geschlossen, die Lippen geöffnet und lange, stumme Schreie dringen bei jeder Bewegung seiner Hüften aus ihm heraus.

Ich klammer mich an ihn, als ginge es um mein Leben, während sein mächtiger Körper sich gegen meinen bewegt. In mir baut sich erneut Spannung auf und ich beginne zu zittern. Sein Stemmen ist nun nur noch instinktgesteuert, wie ein Tier ächzt und knurrt er auf mir, bis das Bett unter seinen heftigen Bewegungen knarrt. Ich quietsche, stemme meine Fersen in seine Hüften, kralle die Finger in seinen Rücken und wälze mich mit meinen Hüften unter ihm, bis meine Nerven erneut auf Hochtouren Richtung Ekstase laufen. Dann ist es soweit und ich schluchze aus purer Freude darüber.

Er stößt schneller und schneller, die Anstrengung in seinem Gesicht nun aus nächster Näher zu sehen ist noch sexyer als am Abend zuvor und ich stemme ihm mit aller Kraft meine Hüfte entgegen. Sein Mund öffnet sich wieder und seine gutturalen Schreie allein schubsen mich noch einmal über den Rand.

Seine Muskeln spannen sich an – und er brüllt vor Lust. Ich spüre, wie sein Schwanz in mir ruckt, als er noch einige Male in mich hineinstößt, dann erschaudert und dann stoppt. Er bricht mit einem befriedigten Seufzen auf mir zusammen, ohne daran zu denken, sich abzustützen.

Das war's. Ich bin mir sicher, dass einiges an mir morgen früh wund sein wird, aber es hat nicht wehgetan... und jetzt weiß ich es endlich. Ich halte Jimmy in meinen Armen, als sich sein Körper auf mir entspannt, sein Kopf auf meiner Schulter und sein Atem ruhig und gleichmäßig.

Ich weiß jetzt, wie sich ein Orgasmus anfühlt. Es ist so intensiv, dass es mir fast ein bisschen Angst macht. Aber ich möchte mehr davon. Und ich möchte es mit ihm, immer wieder. Nur mit ihm.

## KAPITEL 11

### Jimmy

Ich komme härter als jemals zuvor in meinem Leben, und für eine Weile ist alles, was ich tun kann, dazuliegen. Der Geruch ihres Schweißes und ihres Geschlechts erfüllt meine Nasenflügel und ich entspanne in ihren Armen – so tief, dass ich fast einschlafe.

Aber auch wenn sie ein zähes, kleines Ding ist, ist sie doch nur halb so groß wie ich und wir müssen die Position ändern. Ich gleite zögernd von ihr herunter und stehe auf. Meine Beine fühlen sich erstaunlich wackelig an. Sie liegt schlaftrunken da, das Haar verstrubbelt über das Kissen verteilt und ihre zarten, blassen Brüste heben und senken sich mit ihrem Atmen. Kein Blut und kein Zeichen von Schmerz. So wird's gemacht, denke ich stolz, bevor ich sie leicht an meine Brust ziehe und anhebe.

Sie gibt einen leisen, fragenden Laut von sich und ich lächle und streiche ihr durchs Haar, bevor ich die Bettdecke zurückschlage und sie in ihr Bett kuschle. Ich sollte sie schlafen lassen. Sollte ich. Ich habe heute Nacht noch einen Job zu erledigen und sollte etwas auf Abstand gehen. Daraus kann keine Liebesgeschichte werden. Ich bin ein Killer.

Ist sie natürlich auch, aber in ihrem Fall war es gerechtfertigt, sofern man bei einem Mord überhaupt davon sprechen kann. Das kann ich von den Dingen, die ich so tue, nicht behaupten. Ich muss schließlich nicht damit rechnen, irgendwo in einer Gasse vergewaltigt und erwürgt aufgefunden zu werden, wenn ich mein Opfer nicht umbringe. Onkel Ezio wäre vielleicht nicht ganz glücklich und ich müsste mit einer Bestrafung rechnen, aber das ist nicht das Gleiche.

Ich starre sie einige Sekunden lang an, dann schlüpfe ich neben ihr unter die Decke und umarme sie von hinten. Sie ist so warm und weich in meinen Armen und ich bin müde, müde von harter Arbeit und einem guten Fick. Ich werde mich nur eine kleine Weile hinlegen...

ONKEL ENZIO SCHAUT TRAURIG auf mich herunter, als ich über der Toilette kauere. Ich bin 14, meine Hände riechen nach Schmauchspuren und mein Magen krümmt sich noch immer, obwohl mittlerweile nichts mehr darin ist, was ich noch auskotzen könnte.

Heute habe ich zum ersten Mal einen Menschen getötet.

Der Kerl hatte vor, auf Onkel Ezio und mich zu schießen, als wir gerade aus dem Hintereingang des Theaters gekommen sind. Die Matineen waren unser spezielles gemeinsames Ding, seit er mich bei sich aufgenommen hatte. Er hatte mittlerweile so viele kitschige Kindervorstellungen mit mir angeschaut, dass er die Stücke teilweise auswendig konnte, aber er hat sich nie beschwert. Mit der Zeit habe ich realisiert, dass er sich mehr darum bemühte, ein Vater für mich zu sein, als es mein tatsächlicher Vater jemals getan hatte. Ich war zufällig das glückliche

Kind, um das er sich kümmern wollte. An diesem Tag war ich besonders fröhlich.

Und dann plötzlich, im hellen Tageslicht, kam irgend so ein Schläger von einer verfeindeten Familie hinter den Mülltonnen hervor und richtete eine Waffe auf uns.

Enzio griff nach seiner Pistole, während er mich schützend hinter sich stieß und der Typ schoss ihm in die Schulter. Der Rückstoß ließ ihn taumeln und die Waffe fiel mir direkt vor die Füße. Ich schrie, hob sie auf und schoss wie wild auf den Mann.

Mittlerweile hat der Mob-Arzt Ezios Schulter wieder zusammengeflickt und unsere Jungs haben das Chaos beseitigt. Alles, was ich tun kann, ist zu würgen, mich zu übergeben und zu weinen wie ein kleines Kind mit Magen-Darm-Grippe.

Ich mache mich – immer noch zitternd – sauber, als ich die ledrige Hand meines Onkels auf meiner Schulter spüre. „Es ist alles gut, Kleiner", sagte er mit seinem dicken Akzent. Ich schaue zu ihm hoch und seine Augen blicken mich liebevoll und ohne Reue oder Vorurteil an. „Nachdem ich meinen ersten Typen umgebracht hatte, habe ich drei Tage lang erbrochen."

„Hast du?" Ich bin geschockt. Onkel Ezio scheint sich normalerweise vor nichts zu fürchten.

Er schaut mich feierlich an. „Ja, so war es. Und das war ein einfacher Job. Du allerdings musstest unser Leben verteidigen und hast uns beide gerettet, Kleiner. Das hast du gut gemacht. Aber dennoch ist es schmerzlich, weil du ein gutes Herz hast."

„Selbst wenn der Typ ein totaler Mistkerl ist, ist es seine Frau wahrscheinlich nicht; sind es seine Kinder wahrscheinlich nicht. Wenn du jemanden umbringst, übernimmst du die Verantwortung für das Leid all derjenigen, denen dieser eine Typ etwas bedeutet. Selbst wenn du weißt, dass es getan werden muss, wird dir dabei mindestens ein wenig übel sein, denn tief in dir drin weißt du, dass es falsch ist. Wir töten die Leute nicht, weil es richtig ist, Kleiner. Wir töten, weil jemand sterben muss.

Wenn du für mich arbeiten willst, dann musst du dir darüber im Klaren sein."

Ich öffne meine Augen im dämmrigen Licht des Sonnenuntergangs und zu tausend orangefarbenen Funken, die von den Mobiles über uns reflektiert werden. Ein weiches, warmes Etwas neben mir wimmert leise. Ich drehe den Kopf und sehe Tina in meinen Arm geschmiegt, zitternd, von einem bösen Traum erfasst.

„Wach auf, Süße", flüstere ich ihr ins Ohr. Sie murmelt etwas und bewegt sich. „Das war nur ein Traum. Das ist alles. Alles ist gut."

Ich küsse ihr Ohr und sie entspannt sich mit einem Seufzen. Danach starre ich wieder an die Decke. Ich habe noch etwas Zeit. Ich kann bleiben, wenn ich möchte. Der Auftrag ist heute Nacht spät angesetzt. Dieses Mal bekommt der verlogene Assistent des Staatsanwalts einige Tropfen in seinen Schlaftrunk und die Embolie, gegen die er seit zwei Jahren ankämpft, wird ihm den Rest geben. Ich könnte Tina sogar als Alibi benutzen, wenn ich sie ein zweites Mal in den Schlaf vögeln würde und sie dann glauben lasse, dass ich gar nicht weg war.

Das ist tatsächlich eine gute Idee. Und es ist ein guter Vorwand, noch zu bleiben. Außer...

Ich streiche ihr rotes Haar aus dem Gesicht und küsse sie hinter dem Ohr. Oh ja, ich könnte mich wirklich daran gewöhnen.

Das denke ich mehr als einmal in den folgenden Stunden. Wir teilen uns eine Pizza und ich vernasche sie als Dessert. Meine Zunge peitscht gegen ihre süße, kleine Klit bis sie nicht mehr schreien kann und schließlich völlig fertig ist. Ich komme zweimal in ihr und wir trinken noch den Rest Bier, bevor wir uns wieder aneinanderkuscheln, um noch etwas zu schlafen. Sie tut das jedenfalls.

Als sie eingeschlafen ist, ziehe ich die kleine Injektionsspritze aus meinem Lederarmband und beuge mich über sie. Halt still, Süße, du wirst nicht mal mit Kopfschmerzen davon aufwachen. Aber obwohl ich sicher bin, dass es ihr nicht schaden, sondern sie nur tiefer schlafen lassen wird, stoppe ich abrupt.

Was tue ich hier eigentlich? Das ist krank.

Schlimmer als krank. Mit Sicherheit kann ich davon ausgehen, dass sie früher unter Zwang psychische Medikamente einnehmen musste. Was, wenn es eine Wechselwirkung zwischen den Mitteln gibt. Was, wenn ich sie verletze?

Ich möchte ihr nicht wehtun. Ich möchte sie noch nicht einmal enttäuschen. Davon hatte sie schon genug in ihrem Leben!

Da sitze ich... zaudernd und konfus. In meinem Kopf herrscht totales Durcheinander. Ich nähere mich mit der Nadel erneut ihrer Vene, denke daran, wie wichtig es ist, diesen Job zu erledigen und dass es gefährlich sein könnte, falls sie im falschen Moment aufwachen sollte. Aber...

Was zur Hölle mache ich da, meine Freundin unter Drogen zu setzen? So weit ist es schon mit mir gekommen? Moment mal... Freundin? Ich scheine langsam durchzudrehen.

Die Zeit wird knapp, ich muss los. Ich ziehe schnell meine schmutzigen Klamotten an, um über die Straße zu laufen, in mein Arbeitsoutfit zu wechseln und um ein Paar neue Handschuhe zu holen. Dann fahre ich los.

Ich stecke in einem Stau in Midtown, als mich eine Nachricht von meinem Onkel erreicht.

*Kleiner, pass auf. Der Gast heute Abend ist mit Di Lorenzo befreundet.*

„Scheiße." Die Di-Lorenzo-Brüder sind Verweigerer und

stammen aus der Familie, die die ‚Fünf Bezirke' zuletzt unter Kontrolle hatte. Sie weigern sich, meinem Onkel den Schwur zu leisten und versuchen stattdessen ihr eigenes, kleines, konkurrierendes Reich aufzubauen. Das ist mehr als nur lächerlich, wenn man bedenkt, dass sie ungefähr zu zehnt sind, während wir dreihundert Mann stark sind. Aber ich muss ihnen zugute halten, dass sie wirklich Eier in der Hose haben.

Und es ist Vorsicht geboten. In ihrem Fall ist das Problem, dass sie jedes verdammte Mal, wenn sie einen Politiker gekauft haben, danach auch seine persönlichen Leibwächter stellen. Der stellvertretende Staatsanwalt David Grace ist ihr bisher größter Fisch. Er wird ohne Zweifel bewacht werden.

Ich tippe schnell eine Antwort. *Hast du einen Rat?*

Es dauert lange, bevor er sich wieder meldet und ich bewege mich weiter im Stau. Endlich antwortet er, dass er einige der Jungs mit etwas ablenken wird, während ich den Job erledige.

Ich fühle, wie eine Woge des Zweifels in mir aufkommt und möchte ihn erst darum bitten, jemand anderen zu schicken. Aber dann schüttele ich die Bedenken ab. Reiß dich mal zusammen, Mann. Klar würdest du lieber zurück ins Bett zu Tina. Wer würde das nicht? Aber der Job war schon vor Tina Teil meines Lebens und ich würde ihn erledigen müssen.

Graces Anwesen, wo er – bis auf einige Angestellte – alleine lebt, befindet sich mitten auf einem der teuersten Grundstücke in den Vereinigten Staaten. Seine Kamera und die Alarmcodes habe ich bereits geknackt, jetzt muss ich nur unbemerkt hinein und wieder hinaus kommen. Keine Ahnung, wie Onkel Ezio die anderen von mir ablenken will, aber ich bin dankbar, dass er es versucht.

Leider sieht es so aus, als ob sein Plan noch nicht in die Tat umgesetzt wurde, denn ich kann vier Typen erkennen, die sich um das Haus herumtreiben und noch nicht da waren, als ich es ausgekundschaftet hatte. Ich fahre in normaler Geschwindigkeit daran vorbei, parke zwei Blocks entfernt und überwinde mithilfe meiner Lederjacke und meiner Sprungkraft den elektrischen Zaun.

Mit Gift in der Tasche beobachte ich aus dem Schatten das Anwesen und warte auf Ezios Ablenkung. Ich weiß nicht, was ich zu erwarten habe. Einen Schlägertrupp? Irgendjemand, der mit Betäubungspfeilen auftaucht? Bei meinem Onkel kann man nie wissen.

Und dann passiert es: ein dumpfer Knall und plötzlich geht weiter unten an der Straße eine Auto-Alarmanlage an. Ich beobachte das Ganze hinter einem Busch und grinse. An der Straße steht ein schwarzer Cadillac in Flammen und plötzlich rennen alle vier Männer schreiend und wild gestikulierend zum Tor hinaus. Mein Auto, mein Auto.

Glucksend begebe ich mich nach drinnen, während ich Ezio texte. *Ich bin drin.*

Ich muss riskanterweise erst etwas umherschnüffeln, bis ich endlich den Weg zu seinem Arbeitszimmer gefunden habe und Grace schließlich in einem Ohrensessel sitzend seinen abendlichen Brandy nippen sehe. Das Glas ist noch reichlich gefüllt, ich liege also noch gut in der Zeit. OK. *Er ist in seinem Arbeitszimmer.*

Eine Sekunde später klingelt irgendwo im Haus ein Telefon. Grace seufzt und steht auf, schlurft aus dem Zimmer, während ich mich in einer Ecke versteckt halte, und begibt sich Richtung Flur und Telefonläuten. Ich schaue mich um, schlüpfte ins Zimmer und ziehe eine Tropfflasche aus meinem Kapuzenpullover. Ich tröpfele zehn geschmacksneutrale Tropfen in seinen Drink, stecke die Flasche wieder ein und schaue, dass ich mich vom Acker mache. Als ich es zurück, über den Zaun geschafft habe, texte ich kurz Ezio. *Erledigt.*

Ich lege meine kleine Sicherheitslampe an, beginne zu meinem Wagen zu joggen und tue so, als wäre ich noch für eine späte Laufrunde unterwegs. Ich muss direkt am jetzt rauchenden Wagen vorbei und sehe drei ziemlich verärgerte Typen vom Di-Lorenzo-Clan auf italienisch in ihre Handys schreien und sich über ihren gesprengten Wagen aufregen. Hehe. Tut mir leid, Jungs. Aber ihr kennt doch das Sprichwort. In der Liebe und im Bandenkrieg ist alles erlaubt.

Einer von ihnen runzelt misstrauisch die Stirn, als ich an ihnen mit meinen Kopfhörern, auf denen keine Musik läuft, vorbeijogge. Ich spüre seinen Blick auf mir noch bis zu Straße runter, aber er sagt nichts. Nach einer Minute erreiche ich endlich meinen Wagen. Ich steige ein und entspanne mich etwas. Alles ist gut. Wie stehen die Chancen, dass mich einer von ihnen nur aufgrund eines komischen Gefühls bis zurück nach Brooklyn verfolgen sollte?

## KAPITEL 12

Tina

Ich wache schreiend wegen meines üblichen Albtraums auf, aber dieses Mal ist kein Jimmy da, der mich tröstet. Erst irritiert und dann gekränkt, drehe ich mich und schaue mich um. Er ist weg. Seine Klamotten sind weg. Mit schwerem Herzen gehe ich zum Fenster und sehe, dass kein Licht bei ihm zu Hause brennt.

Es sollte mir eigentlich egal sein. Wir wollten beide Sex. Wir habe nie darüber gesprochen, dass er über Nacht bleibt. Wir haben nie von irgendeiner Art fester Beziehung gesprochen. Eigentlich haben wir überhaupt nicht viel geredet. Aber der Schmerz, den ich während der Dusche in mir fühle, will einfach nicht schwächer werden.

Er ist mein erster Mann und ich versuche cool damit umzugehen, aber es ist nicht so einfach. Als ich beginne, mich wieder anzuziehen, fühle ich mich, als müsste ich gleich zu weinen anfangen. Ich weiß genau, dass ich heute nicht mehr einschlafen werde. Meine Gefühle sind völlig durcheinander geraten. Ich habe gar keine hohen Erwartungen an ihn, außer dass er mich im Bett anständig behandelt und keine Sachen von mir klaut. Und er hat jetzt schon so viel für mich getan. Ich schleppe mich und mein schweres Herz nach unten, um mir meinen neuen Garten mal im Mondlicht anzuschauen. Das ist real. Genau wie das, was Jimmy mit meinem Körper angestellt hat. Ich kann die Rosen und die Apfelbäume meiner Großmutter wieder sehen. Dass Jimmy nicht über Nacht geblieben ist, muss nicht heißen, dass er mich nur benutzt hat.

Aber ich wünschte, er wäre geblieben.

Ich blase noch ein bisschen Trübsal und gehe dann nach oben an meinen Laptop, um meine Social Media Accounts zu checken. Aber dieses Mal lösche ich die Schwanzbilder nicht nur und melde die Absender, sondern wehre mich direkt. *Du bist abstoßend*, schreibe ich und sende es via Copy/Paste an alle. *Ich betreibe hier eine Unternehmensseite und wegen Idioten wie dir, die ihre Libido nicht unter Kontrolle haben, muss ich mich jeden Tag mit sexueller Belästigung beschäftigen. Ich werde dich und deinen hässlichen, kleinen Schwanz beim Instagram-Managment melden. Tschüss.*

Es ist drei Uhr morgens und ich bekomme trotzdem noch Antworten darauf. Hauptsächlich jammernde.

Ich dachte, *dass es dir gefällt : (*

*Ich muss mich an irgendwas aufgeilen, Babe, schick mal Nacktbilder*

*Du Schlampe, du magst diesen Schwanz doch*

Ich schüttle den Kopf, seufzte, blocke, melde und mache von

allem Screenshots – und bin gerade fertig damit, als ich draußen einen Wagen in der Auffahrt höre.

Ich springe auf und renne zum Straßenfenster. Ich sehe Jimmys blauen Sedan vor seinem Haus parken. Mein Herz hüpft. Er steigt gähnend aus, blickt zu meinem Fenster hoch und lächelt. Ich winke ihm aufgeregt zu, aber glaube nicht, dass er mich sehen kann. Er holt ein Sixpack Bier und eine Einkaufstüte von einem der Spätis in der Nähe heraus, schließt die Tür und geht zu meiner Treppe.

Er war nur losgegangen, um Essen und Getränke zu besorgen! Er hatte sowieso die ganze Zeit vor, zu mir zurückzukommen. Strahlend renne ich die Treppen in meinem Nachthemd hinunter, um ihn hereinzulassen.

Aus irgendeinem Grund sehe ich ihn nicht an meiner Tür bzw. höre kein Klopfen. Irritiert gehe ich zum nächsten Fenster und schaue hinaus. Er ist auf der Hälfte der Treppe stehengeblieben. Hat er etwas vergessen?

Ich öffne ihm breit lächelnd die Tür. „Jimmy! Hey, ich dachte, du wärst weg."

Er schaut mich erschrocken an und ich sehe, wie blass er ist und dass er mir einen warnenden Blick zuwirft. „Baby, geh ins Haus zurück", setzt er an.

„Hey, Arschloch!" Die Stimme kommt unten vom Bordstein hinter ihm, er dreht sich schnell um, lässt die Einkäufe fallen. Die Bierflaschen zerspringen und verteilen Schaum und Glasscherben auf den Stufen. Ich kann nicht erkennen, was wirklich los ist, aber plötzlich schubst er mich fest ins Haus zurück – so heftig, dass ich auf meinem Hintern ins nächste Zimmer hineinrutsche. Gleichzeitig erklingt ein lautes Geräusch, aber ich bin so geschockt, dass ich es kaum höre.

Mir entfährt ein schockierter Aufschrei, mein wunder Hintern kribbelt und ich beginne, ihn anzuschreien, als ich zwei Einschusslöcher an der Tür, genau da, wo ich vorher gestanden hatte, erkenne. Jimmy hält sich gebeugt und fasst unter seine Jacke. Am Saum kann ich ein Einschussloch erkennen. Als seine Hand wieder hervorkommt, hält er darin eine riesige schwarze Pistole mit einem merkwürdigen, schwarzen Zylinderaufsatz.

Was zur Hölle ..?

Ich schlage mir beide Hände vor den Mund und sehe, wie er zweimal auf wen auch immer am Ende der Treppe feuert. Die Waffe entlässt nur zwei dumpfe Schläge anstelle lauter Schüsse. Ich höre einen gurgelnden Schrei und dann einen Aufschlag.

Jimmy steht schwer keuchend da und lässt die Waffe sinken. Er dreht sich zu mir um, und als ich an ihm vorbeigucke, kann ich eine zusammengekrümmte Gestalt auf dem Boden erkennen, die Hand immer noch locker um eine kleinere Pistole geklammert.

Oh mein Gott, denke ich, als meine Inneres zu Eis gefriert. Er hat gerade jemanden vor meinen Augen umgebracht. Jemand, der ihn hatte töten wollen. Warum wollte ihn überhaupt jemand umbringen? Warum trägt Jimmy eine riesige, schallgedämpfte Waffe unter seiner Jacke?

„J... Jimmy?", flüstere ich atemlos und ungläubig.

Er schüttelt betrübt den Kopf und verstaut die Waffe. Er schaut auf seine ruinierten Einkäufe, seufzt und kommt dann mit ausgestreckter Hand auf mich zu.

Ich weiche zurück. Wer ist er? Was zum Teufel hat er gerade getan?

Er verzieht schmerzvoll das Gesicht und geht etwas auf Abstand. „Tina, Baby..."

„Du hast gerade jemanden direkt vor meinen Augen getötet! Und du warst darauf vorbereitet!" Meine Stimme ist nur noch ein dünnes Wispern, aber von seiner angespannten Mimik zu schließen, hat er mich genau verstanden. „Wer bist du? Was bist du?"

„Können wir drinnen darüber reden?", sagt er in fast schon

bettelndem Ton und überrascht mich. Ich realisiere plötzlich, dass, je mehr wir draußen reden, desto wahrscheinlicher uns die Nachbarn bemerken werden. Den einen ungedämpften Schuss könnte man noch auf eine Fehlzündung am Auto schieben, aber das Theater danach?

ICH STARRE IHN AN, als ich hochgehe und will nichts mehr, als ihm die Tür direkt vors Gesicht zu schlagen – oder mich ihm zu Füßen werfen und ihn zu bitten, mir zu versichern, dass das gerade nur eine Art bizarrer, komplett inszenierter Streich war. Tränen rollen über mein Gesicht, was ihn wieder zusammenschrecken lässt.

„Kann ich dir vertrauen?", flüstere ich. Er wird sehr still, als ob er die Antwort darauf selbst nicht kennt. Dann streckt er die Hand erneut nach mir aus.

Ich schüttle den Kopf. „Nein. Bitte. Geh weg. Lass mich bitte einfach allein!"

Ich schlage ihm die Tür vor der Nase zu, verschließe sie, renne zur Treppe, verschließe die Stahltür hinter mir und werfe mich heulend auf mein Bett.

## KAPITEL 13

### Jimmy

Die folgenden drei Tage gehören mit zu den schlimmsten meines Lebens. Nicht nur, dass mir Ezio helfen und eine Notsäuberung direkt vor meinem Haus veranlassen musste. Nicht nur, dass die Di Lorenzos sich jetzt, nach Graces Tod, auf dem Kriegspfad mit uns befanden. Sondern weil meine kleine Spannerin verschwunden ist. Sie ist weg, ohne gegangen zu sein.

Sie hat sich in ihrem Haus verbarrikadiert. Hin und wieder bringt ihr einer ihre Jungs Einkäufe. Der Müll wird hinausgebracht und abends sehe ich Lichter im Haus. Aber sie ist noch kein einziges Mal wieder herausgekommen.

Das ist meine Schuld. Ich habe es verbockt. Ich hätte sie von Anfang an in Ruhe lassen sollen. Jetzt ist sie verschwunden und verletzt und was am allerschlimmsten ist: Sie ist mit meinem Herz in ihrer verdammten Hand verschwunden. Ich kann nicht aufhören, an sie zu denken.

Ich habe es endlich geschafft, das richtige Mädchen für mich zu finden und sie gleich wieder zu verlieren – in einer einzigen verfluchten Nacht.

Ich weiß nicht, was ich tun soll. Das ist eine Sache, bei der mir auch mein Onkel nicht helfen kann. Sie weiß zu viel und ich kenne die Regeln. Er könnte mir die Order geben, sie umzubringen. Dieses Risiko kann ich nicht eingehen, also sage ich nichts.

Die Leute meines Onkels haben die Leiche entsorgt, bevor irgendwer davon hätte Notiz nehmen können, genau wie den zweiten Wagen, den ich nicht bemerkt hatte, weil – und jetzt wird's ironisch – ich mit meinen Gedanken bei Tina war. Am Tag danach hatte ich immer noch damit gerechnet, dass jederzeit die Polizei vor meiner Tür auftauchen könnte, aber Tina hatte sie anscheinend nicht informiert.

Die Tage krochen so vor sich hin. Ich arbeitete und schlief und beobachtete in der Hoffnung auf ein Lebenszeichen von ihr Tinas Haus. Und jeder verdammte Tag ging vorbei, während der Schmerz und das üble Gefühl in meinem Magen immer schlimmer wurden.

Aber das Leben geht weiter – ob man will oder nicht. Ich muss in Form bleiben, ich muss auf der Hut vor weiteren Schwierigkeiten sein und ich muss mir eine möglich Entschuldigung für Ezio überlegen, falls Tina sich doch noch dazu entschließen sollte, auszuplaudern, was sie gesehen hat.

Am vierten Morgen, nachdem mir Tina ihre Tür vor der Nase zugeschlagen hat, gehe ich hinaus und absolviere wie üblich meine Trainingseinheiten. Immer mal wieder schaue ich hoch zu den Fenstern des Wintergartens, in der Hoffnung eine kleine, kurvige Gestalt hinter den dünnen Vorhängen zu erblicken, aber nichts passiert.

Ich verdopple die Anzahl meiner Übungen, bringe mich selbst an meine Grenzen, bis es wehtut. Ich möchte meinen Körper für meine Verbrechen bestrafen. Hauptsächlich wegen der Verfehlungen gegenüber Tina. Jede Stunde an jedem verdammten Tages wünsche ich mir, dass die Dinge anders gelaufen wären. Ich bestrafe mich selbst, weil ich so viele Fehler gemacht habe, auch wenn ich mein Herz auf dem rechten Fleck habe. Und ich möchte den Arsch bestrafen, der meine Chance auf etwas Glück und etwas Gutes mit ein paar Kugeln zerstört hat.

Als ich fertig bin, bin ich schweißgebadet; meine Glieder sind von der totalen Erschöpfung erschlafft und ich brauche dringend eine Dusche. Ich schaue noch einmal hoch, nur für den Fall – und sehe Tina dort stehen, in demselben violetten Kleid.

Sie hat nicht viel Schlaf bekommen, das erkenne ich sogar von hier unten. Ihre Augen sind eingefallen, die Haut blass und sie legt sehnsüchtig ihre Hand auf das Fensterglas. Ich drehe mich vollends um und schaue sie direkt an und wünschte, dass ich die Distanz zwischen uns einfach so überwinden könnte.

Sie zögert... aber dann macht sie einen Schritt zurück in die Dunkelheit, verschwindet aus meinem Blickfeld. Mein Herz wird schwer und ich seufze. Ich möchte sie unbedingt zurückhaben. Ich möchte meine Chance wiederhaben. Aber wird sie das jemals zulassen?

Aus vier Tagen werden fünf, aus fünf werden sechs. Ich trinke zu viel. Morgens absolviere ich mein Training. Sie beobachtet mich. Dann geht sie zurück, hinein, ohne mich anzurufen oder an meiner Tür zu klopfen.

Aber sie hat immer noch nicht die Polizei informiert.

Ich kann keine andere Frau anfassen, während ich auf sie warte. Das fällt mir auf, als ich am achten Morgen nach oben blicke und sie dabei beobachte, wie sie mich anstarrt. Davor hatte ich fast jeden Abend eine Frau mit nach Hause gebracht, aber jetzt gehe ich noch nicht einmal mehr aus. Es macht einfach keinen Sinn. Ich würde eh nur an Tina denken.

Am Abend des achten Tages besaufe ich mich. Mir ist mittlerweile alles egal. Whisky und Bier, zu viel von beidem. Ich komme auf die Idee, zu ihr rüberzugehen.

Die Nachtluft schlägt mir kühl entgegen, als ich auf meine Veranda trete. Ich merke sofort, dass mich der Alkohol auf dumme Gedanken bringt, aber ich gehe trotzdem weiter. Treppe runter, auf den Bürgersteig, ihre Treppe hoch, hoch zu ihrer Tür.

Mach das besser nicht, sage ich mir selbst. Du bist betrunken. Du wirst einen Idioten aus dir machen.

Aber das bin ich ja eh schon. Und ich bin hier, weil ich das weiß und um Gnade betteln will – und die wird sie haben müssen, wenn sie die ganze Wahrheit über mich erfahren wird.

Ich klopfe an und reiße mich zusammen. Nach über einer Minute höre ich sie auf der anderen Seite. Für eine Sekunde ziehe ich in Betracht, dass sie mich durch den Türspion sehen und sich einfach weigern könnte, mich zu wiederzusehen. Dieser Gedanke durchfährt mein Inneres wie ein Messerstich. Ich straffe meine Schultern, atme tief ein und warte ab.

Dann höre ich, wie die Tür entriegelt wird. Ich reiße die Augen auf und als sie die Tür endlich öffnet und mich anschaut, habe ich keine Ahnung, was ich eigentlich sagen wollte.

Sie scheint Verständnis dafür zu haben. Oder vielleicht geht es ihr genauso. Was auch immer es ist, nach einigen Sekunden tritt sie zurück und lässt mich hinein. Ich will das Schicksal nicht herausfordern, gehe ihr einfach hinterher ins Haus und schließe die Tür.

## KAPITEL 14

### Tina

„Mir ist es nicht erlaubt, über meine Arbeit zu sprechen", sagt er langsam als wir zusammen in meinem Wohnzimmer, das jetzt endlich fertig renoviert ist, sitzen. Die neue cremefarbene Ledercouch knatscht leise unter ihm. Ich rolle mich ihm gegenüber auf dem dazugehörigen Sessel ein und betrachte ihn still. „Tatsächlich ist es so, dass, falls ich es tun würde, wir beide in Lebensgefahr wären."

„Warum? Niemand würde mir glauben, selbst wenn ich es der Polizei erzählen würde, was ich eh nicht vorhatte." Meine Stimme klingt wie ein Seufzen.

Die letzte Woche war ein einziger Albtraum. Ich träume jetzt nicht mehr von der Nacht, in der mein Vater starb – stattdessen träume ich von Jimmy. Wie sein Kuss geschmeckt hat. Wie es sich in seinen Armen angefühlt hat. Das unglaubliche, explosive Lustgefühl, das ich empfunden hatte, als er mir zu meinem ersten Höhepunkt verholfen hat. Ich wollte ihn zurück. Ich hatte es nicht gewagt, ihn anzurufen. Alles, was ich eine Woche lang tun konnte, war Träumen und Weinen und mich selbst mit kleinen Projekten abzulenken.

„Du denkst, sie würden dir nicht glauben?" Das überrascht mich... und irgendwie auch wieder nicht.

„Als ich zehn Jahre alt war, habe ich meinen Vater mit einer Waffe wie deiner umgebracht. Er war völlig neben der Spur und hat mit einer Wolfsmaske bekleidet Kinder in unserer Stadt umgebracht. Ich wäre sein nächstes Opfer gewesen, aber ich hatte immer seine Pistole in meinem Nachttisch, seitdem ich eines Tages herausgefunden hatte, wo sie aufbewahrt wurde. Ich wusste nicht, dass er hinter der Maske steckte, aber als er mich holen wollte, habe ich ihn erschossen." Ich schlucke die Angst, die meine Kehle einschnürt, hinunter und schaue ihm fest in die Augen.

„Sie haben mich ‚Killer-Kind' genannt und wollten mich als Erwachsene vor Gericht stellen. Die Polizeibeamten, das Justizsystem, meine Mutter... sie haben mich alle durch die Hölle geschickt. Danach habe ich nie wieder die Polizei wegen irgendetwas gerufen, ich traue ihnen nicht. Wenn ich eine Genehmigung für einen Waffenschein bekommen würde, würde ich mir eine Waffe besorgen und mich selbst beschützen."

„Ich kann dir eine besorgen", wirft er sofort ein. Ich weiß, dass er es nur gut meint, aber ich zucke zusammen. Er verzieht leicht das Gesicht. „Tut mir leid."

„Ich weiß, dass du jedenfalls nicht für das Gesetz arbeitest." Ich kaue auf meiner Lippe und schaue ihn an. „Selbst Agenten haben nicht solche Schießereien mit mysteriösen Männern, mitten in der Nacht, mitten in einem New Yorker Wohnbezirk."

„Nein", gibt er zu, „haben sie nicht. Also... wirst du die Polizei nicht anrufen?"

„Polizisten haben noch nie in meinem Leben irgendetwas zum Besseren gewendet." Ich kann die Bitterkeit in meiner Stimme nicht ganz unterdrücken und er nickt mitfühlend.

„Aber... an wen wendest du dich in Bezug auf Hilfe und Gerechtigkeit? Wenn schon nicht an den Staat?" Er schaut mich lange sehnsüchtig an und ich muss meine Knie zusammenpressen.

„Ich habe niemanden, an den ich mich wenden könnte. Ich bin eine Außenseiterin. Dafür haben sie gesorgt." Ich kämpfe mit den Worten, um es ihm zu erklären. Um zu erklären, warum er von mir kein Entlarven zu befürchten hat. Aber müsste ich ihn fürchten?

„Auch darum könnte ich mich kümmern." Obwohl es offensichtlich ist, dass er zu viel getrunken hat, bemerke ich ein Zögern. „Wenn du es willst."

Ich weiß, dass er über irgendeinen Mafia-Boss spricht, die Sorte, die fast jede Stadt an der Ostküste beherrscht. „Ich werde mir eine Woche Zeit nehmen, darüber nachzudenken. Über dich. Über das, was ich durchmachen musste. Und ja, vielleicht ist es am besten, wenn du mir nicht zu viele Details von deinem Job erzählst. Ich möchte dich nicht in Schwierigkeiten bringen. Aber..."

Ich schaue ihn an... nachdenklich, müde und mich mit jeder Faser meines Körpers nach seinen Berührungen verzehrend. Er starrt auch mich an, leckt sich die Lippen und seine dunklen Augen haben wieder diesen Hundewelpen-Blick. „Du fehlst mir."

„Ich vermisse dich auch, Baby. Du fehlst mir wie die Luft zum Atmen. Gibt es überhaupt noch eine gottverdammte Chance für mich oder sollte ich meine Sachen packen und hier wegziehen? Ich kann nicht jeden Morgen zu deinem Fenster hochschauen und dich nicht wollen."

Diese Augen. Mein Blick verschwimmt unter Tränen, durch die hindurch ich aber lächeln muss. „Jeder glaubte, dass ich ein Monster wäre. Viele tun es immer noch. Meine Mutter hasst mich. Behauptet, dass mein Vater unschuldig gewesen ist und ich ihn grundlos ermordet habe. Also kann ich... kann ich nicht einfach denken, dass du ein Monster bist, ohne... ohne dir eine Chance zu geben, es zu erklären."

Er wird ganz still und schaut mich dann wieder an. „Mein Onkel Ezio ist nicht im Landschaftsbau tätig. Ich arbeite für ihn. Es ist wahrscheinlich besser, nicht zu viele Fragen zu stellen, auch wenn du Geheimnisse gut für dich behalten kannst. Du könntest... du weißt schon... mit hineingezogen werden. Das ist auch der Grund, warum ich mich lange von dir ferngehalten habe." Er schenkt mir ein schuldbewusstes Grinsen. „Es ist nicht so, dass ich mir das leicht gefallen wäre. Ich hatte dich schon seit Monaten im Auge."

Ich werde schon wieder rot. Er bemerkt es und Hoffnung blitzt in seinen Augen auf.

„Schau", sagt er langsam, „ich bin betrunken und ein Arschloch und ich mache alles falsch. Aber alles, was ich weiß, ist, dass nichts davon so ist, wenn ich mit dir zusammen bin. Ich war einfach nur glücklich mit dir zusammen, das ist alles. Ich wollte sehen, wie es mit uns weitergegangen wäre. Ich wollte... ich will es noch immer."

Er tötet Menschen als Beruf. Wahrscheinlich für irgendeinen Mafia-Boss. Ich würde nie wissen, wo er gerade ist oder was er tut, was seinen Job anbelangt. Aber das ist zu unser beider Sicherheit. Und wenn er so ein Monster wäre... warum fühle ich mich in seiner Nähe so sicher? Warum ist er so liebenswert zu mir?

„Du lässt mich Dinge fühlen, die ich noch nie zuvor gefühlt habe", sage ich atemlos. „Ich kann das nicht einfach so ignorieren."

Er hebt mich in seine Arme und küsst mich, legt alles in diesen einen Kuss, so dass mir ganz schwindelig wird. In diesem Kuss liegt eine Bitte und ein Versprechen.

Er ist betrunken, aber das macht ihn nur noch ehrlicher und

verletzlicher. Ich bin mir sicher, dass er die Wahrheit sagt. Und vielleicht bin ich wirklich durchgeknallt, aber nach einem Leben, in dem alles auf den Kopf gestellt wurde – ein Monster als Vater, eine hasserfüllte Mutter, die Gesetzeshüter, die ein Kind inhaftieren wollten und die Presse, die es vorgezogen hat, über die Wahrheit nur zu spekulieren – vielleicht ist ja dieser letzte Widerspruch genau das, was ich brauche.

Er hat mich vor zwei Kugeln gerettet und denjenigen, der uns beide hatte töten wollen, erschossen. Kann ein Killer ehrenwert sein? Wenn ein Vater ein Monster sein kann, warum nicht?

Als wir den Kuss beenden, spüre ich meine Erleichterung, die plötzliche Freiheit macht mich fast schwindelig. Ich schenke ihm ein kleines Lächeln. „Es gibt nur eine Bedingung."

Er hebt eine Augenbraue. „Die wäre?"

„Du bringst keine Arbeit mehr mit nach Hause, okay, Schatz?" Hinter diesen Worten steckt eine Warnung, aber ich lache gutgelaunt und nach einem kurzen Moment lacht auch er.

„Ich verspreche es", sagt er und beugt sich zu mir herunter und küsst mich erneut.

ENDE

## MELDE DICH AN, UM KOSTENLOSE BÜCHER ZU ERHALTEN

Möchtest Du gern Inspiriert und andere Liebesromane kostenlos lesen?

Tragen Sie sich für den Michelle L. Newsletter ein und erhalten Sie ein KOSTENLOSES Buch exklusiv für Abonnenten indem Du diesen Link in deinem Browser eingibst:

https://BookHip.com/DGKWKF

**Inspiriert: Ein Navy SEAL Liebesroman**

**Inspiration kann so befriedigend sein ...**

Sobald diese Traumerscheinung aus dem Auto ausstieg, wusste ich, dass ich sie haben könnte, wie ich mir das vorgestellt hatte.

Volle Titten, ein runder Arsch und Hüften, an denen ein Mann sich festhalten konnte, machten sie perfekt für meine Vorhaben.

Sie hatte keine Ahnung, was gleich mit ihr passieren würde. Ich würde sie zu dem machen, was ich brauchte – meiner

Therapie. Dann könnte ich den Kopf freibekommen und wäre wieder produktiv.

Sie dachte, dass sie gekommen wäre, um einen amerikanischen Helden zu interviewen, aber in Wirklichkeit war sie für mich da. Ich musste sie ficken, bis ich wieder einen klaren Kopf hatte.

Ich verschwendete keine Zeit damit, ihre Fragen zu beantworten und fragte sie dann gleich ein paar von meinen eigenen, zum Beispiel, ob sie gerne eine bisschen mein Gesicht reiten würde...

https://BookHip.com/DGKWKF

**Du erhältst ebenso KOSTENLOSE Romanzen-Hörbücher, wenn Du Dich anmeldest**

© Copyright 2020 Michelle L. Verlag - Alle Rechte vorbehalten.
Das Werk, einschließlich aller seiner Teile, ist urheberrechtlich geschützt. Jede Verwertung ist ohne Zustimmung des Verlages und des Autors unzulässig. Dies gilt insbesondere für die elektronische oder sonstige Vervielfältigung. Alle Rechte vorbehalten.
Der Autor behält alle Rechte, die nicht an den Verlag übertragen wurden.

❦ Erstellt mit Vellum

www.ingramcontent.com/pod-product-compliance
Lightning Source LLC
LaVergne TN
LVHW011731060526
838200LV00051B/3121